「……もしかしてフィーちゃん?」
——頭上に見える狐のような三角形の耳と、
蠟燭の火のような尻尾から、
彼女がエギルたちのような人間とは
異なる存在であることがわかった。
裏切られたSランク冒険者の俺は、愛する奴隷の彼女らと共に奴隷だけのハーレムギルドを作る
Betrayed S Rank adventurer I make slave-only harem guild with my loving slaves
3
柊咲
イラスト
ナイロン
character
紗霧《さぎり》華耶《かや》
湖の都の長。悪神九尾の力を身体に宿す妖艶な美女。フィーの友達。

「お初にお目にかかります」
エレノアは国王や騎士たちの視線を一身に受けながら、
一歩前に出、カーテシーをした。
「わたくしは、エレノア・カーフォン・ルンデ・コーネリアと申します。
コーネリア王国の元第三王女であり、
現在はエギル・ヴォルツという
Sランク冒険者の妻でございます」
character
エレノア
コーネリア王国の元第三王女。自身を奴隷堕ちさせた幼なじみへの復讐を遂に果たした。

「……ごめんねっ……ごめんねっ
……だけど、止まらないの。
欲しくて、腰が勝手に動いちゃうのっ！」
肉棒を挿れてほしそうだが、何かと葛藤しているようで、
陰唇の部分に沿わせるような動きを続けるだけだった。
止まらない。そう言いたげに腰を前後に揺らす。
character
フィー
エギルに養ってほしいと自ら奴隷となった調教師《テイマー》の少女。
「ああっ……わたしも、
きもちいい、よっ……んんっ！」
駄目と言いながら、痛みが和らいだフィーは
自ら腰を上下に振る。
「いい、よっ……どこに、出したいのっ……
どこに、注ぎたいっ、のっ……っ!?」
フィーは甲高い声で鳴いて、太腿を大きく震わせた。

ダッシュエックス文庫

裏切られたSランク冒険者の俺は、愛する奴隷の
彼女らと共に奴隷だけのハーレムギルドを作る3

柊 咲

登場人物紹介

Characters

Betrayed S Rank adventurer I make slave-only
harem guild with my loving slaves.

無名の王国

【王】

エギル

Egil

幼なじみの奴隷に裏切られた最強のSランク冒険者。エレノアたちのおかげで生きる希望を見出した。たった一人で何万人分もの力になり得る存在、神に選ばれた"先導者の器"で『無名の王国』の王となった。

【最愛の妻たち】

エレノア

Eleanor

幼なじみの手によって奴隷堕ちしたコーネリア王国の王女。エギルを心の底から愛している。夜はエギルをドSにしてしまう。

セリナ

Selina

エレノアの親友。過去の主人のせいで男性恐怖症だったが、エギルによって克服。匂いフェチ。生き別れの二人の妹を捜している。

フィー

Fie

《ゴレイアス砦侵攻戦》でエギルの奴隷となった不思議な少女。調教師《テイマー》で四匹のペットを家族としている。誰にも言えない過去がある。

ギルド《理想郷への道》

【『無名の王国』の住人】

ハルト

ギルド《ウェルタニアの希望》のリーダー。エギルに憧れ、大いに慕う。

ハボリック

クエスト受注所の職員。エギルを尊敬している。

ゲッセンドルフ

情報収集に長けた冒険者。

サナ
Sana

聖術師の少女。ルナの双子の姉。明るく快活。人には頼らないことを心に決めている。自分とルナを助けてくれたエギルへの恩返しとして彼の奴隷となった。

ルナ
Luna

魔弓士の少女。大人しく控えめな性格。サナと共に旅をしていたが、エギルの奴隷の一人に。

闇ギルド《終焉のパンドラ》

レヴィア
Revere

人間同士を争わせることを目論む闇ギルド《終焉のパンドラ》に所属している少女。ドラゴンに育てられた過去を持ち、魔物を殺す人間を憎んでいる。しかしエギルに興味があるようで……。

CONTENTS

Betrayed S Rank adventurer I make slave-only harem guild with my loving slaves.

Written by
Hiiragi Saki

Illustrated by
Nylon

プロローグ

──子供はいつか大人になる。

成長する生き物なのだから当たり前だけれど、どういう大人になるのかは、神のみぞ知る。

貧しく生きるのか、裕福な生活手段を得て最愛の者と家族を作るのか。

孤独な死を迎えるのか、幸せな人生を送り最愛の者たちに囲まれ生涯《しょうがい》を終えるのか。

それぞれの人生があり、その良し悪《あ》しは当事者にしかわからない。

けれど、一生懸命に生きようとした者には、恵まれた人生が待っているはずだ。

だからエギル・ヴォルツも、必死に生きようとした。

自分の未来が明るいものでありますように。

大切な者と、幸せな未来を築けますようにと。

しかし、彼は愛した女に裏切られた。そして、彼女は奴隷《どれい》だった。

幸せな未来を一緒に築こうと思っていた初恋の相手。

何も悪いことはしてなかった。誰が見ても、誇れる人生のはずだった。

なのに。なのにどうして。

エギルはそう、何度も自分に問いかけた。

しかし、打ちひしがれる彼に手を差し伸べてくる人たちのお陰《かげ》で、終わったはずのエギルの人生は、終わるはずだった人生に変わった。

もう一度チャンスを与えられたのかもしれない。

彼は立ち上がり、もう一度進むことを決めた。

それからというもの、エギルの人生は再び鮮やかな色を取り戻した。

そして、新たな人生で、エレノアやセリナたちのような最愛の者たちと出会うことができた。

一度終わった人生なら、この人生は彼女たちに捧《ささ》げ、共に歩もうと思う。

そしてもし、二人のように苦しんでいる者がいるのならば、その重荷を共に背負おう。背負えるものなら、いくらでも背負いたい。

そうして生きることが、エギルの糧《かて》となった。

偽善者《ぎぜんしゃ》だと笑う者もいるかもしれない。けれどこの生き方が、この人生が、

——新しい一歩を踏み出した、エギル・ヴォルツ、そのものだ。

一章　狐の長

空《から》の箱に何かモノを入れたとしても、それは何の意味も持たない。

魔物の巣窟《そうくつ》だったゴレイアス砦《とりで》から魔物が消えたとしても、人々が住めないならば、そこはただの子供が作った秘密基地でしかない。

もし、その秘密基地に人が暮らすなら、生活の道具を揃《そろ》え、家を建てなければいけない。

人間が生活するのに必要なモノが揃っていない空箱のままならば、入ろうとする者はこの先も現れないだろう。秘密基地が王国になることは永遠にないだろう。

戦うことだけを生業《なりわい》としていたエギル・ヴォルツにとって、その中身を用意することは、どんなクエストよりも難しいことだった。


「――用件はわかりました。ただその条件では、少し厳しいですね」

ゴレイアス砦の中心部にある廃城。

そこを拠点にエギルは、王国や街を渡り歩いている旅商人と話し合っていた。

テーブルに肘《ひじ》をついた小太りの商人は、よく手入れされた髭《ひげ》を触りながら難しい表情を浮かべる。

「……エギルさんの冒険者としてのお噂《うわさ》はあちこちで聞いております。最強のSランク冒険者の称号《しょうごう》をお持ちで、周りの冒険者からの信頼も厚い。新しく冒険者だけの王国を作ると聞いて、わたしもそのお手伝いをしたいと思いました」

「だったら――」

「ですが、それはわたしの個人的意見であって、商人としての意見ではありません。商人として考えれば、エギルさんの助けにはなれないのです。いくら冒険者として優秀であったとしても、今この『無名の王国』で暮らす住民がいない以上、――言葉は悪いですが、全く稼《かせ》ぎにならず、時間の無駄になってしまいます」

「……」

「申し訳ありませんが、もう少し住人を集めるところから始めるのがよろしいかと。――残念ですが、人の住まない王国を王国とは言いません。それでは、失礼いたします」

彼は立ち上がり、深々と頭を下げて部屋を出て行く。

まだ名前のないこの『無名の王国』には、エギルたち六人と、昔からの付き合いで移住してくれたゲッセンドルフとハボリック、それとゴレイアス砦侵攻戦のクエストを依頼したハルト、あとは百名ほどの冒険者しかいない。

「……また、駄目でしたか？」

商人が出ていった扉から、入れ違いのようにエレノアが部屋へと入ってくる。光沢のある濃い赤色のドレスを着ている。その表情は、エギル同様に暗い。

エギルはこの数日間何度となく浮かべていた苦笑いで答えた。

「ああ、人がいないとこで商売をしても利益が生まれないってさ。まあ、その通りだよな」

エレノアが幼《おさな》なじみと決別したあの日、

——ここに王国を作る。

と決意し、エギルはハボリック、ゲッセンドルフなどの仲間たちと共にすぐ行動に移した。

Sランク冒険者として名を馳《は》せるエギルであったが、王国を一から作るために、数多くの歴史書に目を通し、商人から指導を受け、学んだ。

そうした中、手本にしようと決めたのは、冒険者が主体となって作られた、さる王国だった。

その王国も、始まりはエギルの王国と似ていた。まずは意見に賛同してくれる少数の冒険者を集め、次に住民を集め、生活を不自由なく送るために、商品を運んでくれる商人を呼び込み、そこで商売を根付かせた。

少しずつ人口を増やしたその王国は次第《しだい》に規模を拡大させ——結果として、大陸中に名を轟《とどろ》かせる王国となった。

エギルには、その功績や人柄を称賛し、ここを拠点にしようと思ってくれる仲間がいた。

けれど、他の重要な部分が全く進まなかった。

冒険者が暮らすだけの、生活環境も治安も決して良いとはいえない、始まったばかりのこの場所に移住してくれる者はいない。住民がいないから生活を支える商人も足を運んではくれない。

この無名の王国には誇れるものが一つとしてない。

何もないから、誰もここに住もうとしないし、足を踏み入れることもない。

「……市井《しせい》の方々に住んでもらえるよう、ハボリックさんに中心となって動いていただいているけれど……難しい、ということでしたよね」

「ああ、ここには十分に暮らせる家はあるが、食料などを扱う商人は訪れてくれないからな。冒険者の装備の手配や修理なんかだったら、今すぐにでも商売ができるから、さっきも話したんだが……まあ、みんなから同じことを言われる」

「……冒険者の装備類だけでは市場は潤《うるお》いませんし、他の国で商売した方がいいですものね」

「住民を増やそうとしても、移住するだけの利点を見せられない……厳しい現状だな……」

「王国を作るというのは大変なことです。わたくしたちは先人が用意した箱に、何の疑問も持たずに入って、何も考えずに暮らしていた、ということですから……」

レヴィアはエギルを〝先導者の器《うつわ》〟であると言った。

だが、エギルのもとに集まってくれたのは顔見知りの、信頼を向けてくれる冒険者たちのみ。

こんな自分が、本当に人の上に立つべき存在なのか、それすら疑問に思ってしまう。

「――いや、腐ってはいられないな」

現状は苦しいが、こんなのは何かを一から始めようとしたなら当然のこと。

悩んでいても進まないし、立ち止まってもいられない。一度決意したのだから、エギルはやるしかない。

「俺を信頼してついてきてくれた仲間たちのためにも、立ち止まっているわけにはいかない。それに」

エギルは立ち上がり、エレノアのもとに向かう。

悲しそうな表情をする彼女の頬《ほお》にそっと手を触れ、笑顔を向ける。

「何があってもエレノアたちを守ると決めたんだからな」

すると、エレノアにも笑顔が戻る。

「はい。ゆっくりと、まずは一歩を踏み出しましょう。それがエギル様がお作りになったギルド――《理想郷への道》の目的なのですから」

「ああ、そうだな」

エギルを信じてついてきてくれる彼女たちを幸せにすると決めて作ったギルド。エギル自身がその道標となって、辛《つら》い過去を背負う彼女たちに理想としていた幸せを摑《つか》んでほしいという願いを込めて名づけた。

ここで嘆《なげ》いていても仕方ない。やれることをやって、それでも駄目なら別の方法を考える。そうやって、一つずつ完成していくしかない。

「俺はもう少し調べものをする。他のみんなはどうしてる?」

「皆さんは住民区の清掃をしてます。わたくしも戻ってお手伝いする予定です」

「そうか。いつも任せてすまないな」

「いえ、これぐらいしかお力になれませんから」

「そんなことは――」

ない、そう言おうとしたが、続きはエレノアの唇《くちびる》に止められた。

そして、顔を離した彼女は、少し寂《さび》しそうな笑顔を浮かべた。

「ふふっ、冗談です。それでは、行ってきますね」

「あ、ああ、頼むな」

部屋を出るエレノアの後ろ姿を見送って、エギルはため息をつく。

「どうにか打開策を見つけて、みんなに楽をさせないとな」

まずはここで暮らしてくれる住民の確保を目標にもうひと踏ん張りしなくてはと、エギルは資料に目を向ける。

◆

魔物の巣窟だった住民区は、冒険者らの協力によって修繕《しゅうぜん》され、日を追うごとに住めるようになってきた。だが、まだ家の中まで手が行き届かず、家具が破損《はそん》してたり、埃《ほこり》が溜《た》まっていた。

そんな家屋を一軒一軒、いつ誰が住んでも問題ないように、エレノアたちは日々、掃除に精を出していた。

「うおりゃあああ!」

エレノアが今日の掃除区域を訪れると、サナがドタドタと音を立てながら雑巾《ぞうきん》がけを行っていた。

そんな彼女の姿を見ていたセリナは、窓を拭《ふ》きながら笑顔を向ける。

「サナは元気ね。だけど、散らばってる金属類には触れないようにしてよ」

「はーい! あっ、エレノアさん、おかえり!」

「ただいま戻りました」

雑巾がけをしていたサナはエレノアを見て、子供っぽい笑顔を見せる。

窓拭きをしていたセリナも、床に散らばった木片や金属類などのごみを拾っていたルナもエレノアの方を向く。

ふいに、セリナの表情が先程までの笑顔から心配そうな感じに変わる。

「エギルさんのとこ?」

「ええ」

「……どうだったの、今日の会談は」

セリナに聞かれ、エレノアの顔は悲しげに曇《くも》る。

その表情から察したのか、セリナたちは手に持っていた雑巾を置く。

「そっ、か……今日もダメだったんだ」

「残念ですが……。でも、エギル様は諦《あきら》めていません。落ち込んでは、いましたが」

「そう、ですよね。エギルさん、寝る時間を削《けず》ってまで、頑張ってますもんね」

ルナがしょんぼりすると、サナは空元気《から》ともとれる笑顔を振りまく。

「大丈夫だって! エギルさんなら!」

理由らしい理由はないが、サナの言葉と笑顔にエレノアたちの沈んだ気持ちが明るくなる。

「そうですね。わたくしたちが落ち込んでいても仕方ないですよね」

「だね。今の私たちにできることは、ここを訪れた人がこの家に住みたくなるくらい、ピッカピカにすることだもんね。ほら、掃除の続き続き! エレノアも手伝って!」

落ち込んでいても仕方ない。今は自分らのやるべきことをするだけ。

——それはわかってる。

だが、そう理解していても、気持ちはすぐに沈んでしまう。

「……わたくしたちが力になれることは、掃除だけなのでしょうか……」

エレノアの小さく漏《も》らした本音に触れる者は誰もいない。

聞こえていたのか、いなかったのか、それはわからない。ただおそらく、誰一人として答えられなかっただろう。その答え——もっと力になりたいという気持ち——が心の中にあっても、主《あるじ》の邪魔をしたくないという思いが彼女たちを縛《しば》りつけて行動できない。

そんな感情が生んだ沈黙を破るように、ふと扉が開く。

「……ご飯、できた」

そこにいたのは、小鳥、白ウサギ、黒猫、ハムスターを従えたフィーだった。

彼女はエレノアたちを見ると、不思議そうに首を傾《かし》げる。

「どうかした？」

「いえ、なんでもないですよ」

エレノアが代表して答えると、フィーは軽く頷《うなず》いて踵《きびす》を返し、

「……ご飯できた。他の家を担当してる冒険者たちも待ってるよ」

料理当番だったフィーの言葉で皆、部屋を後にする。各々《おのおの》、伸びをしたり、無理に笑って家を出て行く中、最後に現れたエレノアに、玄関で待ってたフィーは静かな声音《こわね》で聞く。

「……エギル、ダメだった？」

「……ええ、今回も。やはり住民が少ないのが問題らしいです」

「そう。そっか。わかった」

「フィーさん？」

「エギルのご飯は、わたしが持ってくから」

フィーはそう言い残して、エギルと自分の分の昼ご飯を持って廃城へと向かった。


静かな部屋にノックする音が響く。

「どう――」

「ご飯」

エギルが応ずるよりも早く扉は開かれ、抑揚《よくよう》のないフィーの声がする。

「もう、そんな時間か。すまないな」

「いいよ。それより、重いから持って」

両の手のひらに載《の》せたおぼん。彼女は器用に足で扉を押し開けると、そのまま部屋の中へ入ってくる。エギルは二人分のおぼんを受け取ると、それをテーブルに置いた。

「ここで食べてくのか？」

「うん。ダメ？」

「ダメじゃない。向こうはいいのか？」

「大丈夫。というより、ずっと鍋《なべ》をかき混ぜてたから疲れたの。座りたい」

「今日はフィーの当番だったか」

「そう。それで……ダメだった？」

ソファーに座るなり、彼女は眉《まゆ》一つ動かさず聞いてくる。

少し厳しい感じだが、彼女に他意はなく、素直な質問なのでエギルは苦笑いを浮かべた。

「まあな。顔にでも書いてあったか？」

「そんな顔してる」

「そうか」

「……ウソ。エレノアから聞いた」

なぜ嘘《うそ》をついたのか。エギルが無表情なため元気づけようとしてくれたのかもしれないが、少しだけ笑えてきた。

「それで、何か話があるのか？」

「なんで？」

「顔に書いてあるぞ」

「……ウソ。なんも書いてない」

「ああ、嘘だ。だけど何かあるんだろ？」

でなければ、わざわざこんな離れた場所に、二人分の食事を持ってくるわけがない。ましてや一人で。だから聞いた。

するとフィーはスープをフーフーと冷まして、家族である小動物たちにスープをあげながら、

「ずっと考えてたことを提案しようと思って来た」

「ずっと……？」

「そう。いま問題なのは、この場所で暮らしてくれる人が集まらないことでしょ？」

「まあ、他にもあるが、一番の理由はそれだな。現に商人にもそこを突かれた」

まずは国を支えてくれる民が不可欠だ。それも数多くの。けれど、その根幹部分がどうしても解決できないでいた。

昼ご飯を早々に食べ終えたフィーは白ウサギのエリザベスの両腕を持って、プランプランと横揺れさせて遊ぶ。

エリザベスが気持ちよさそうな表情をしてるのは、気のせいではないだろう。そして、エリザベスを揺らすフィーは無表情のまま、

「人が溢《あふ》れて住めなくなってる場所から、移住してもらうのがいいと思う」

「人で溢れてる場所？　そんなところがあるのか？」

フィーはコクリと頷いた。

「わたしの暮らしてた大陸――シュピュリール大陸には大勢の人がいる。あそこは領土争いが激しくて、人間同士の衝突が絶えない。中には普通の生活自体が困難な人もいる」

「そう、なのか」

「だからもし、エギルがそこの人たちを救おうとするなら、移住してくれる人はいると思うよ」

「シュピュリール大陸か……」

いつから定められたのか、世界の常識として大陸間の移動は禁止されている。

その理由は、大陸によって文化と価値観が全く異なるからだ。

かつては四大陸それぞれで領土争いが頻発《ひんぱつ》していたが、エギルたちのいるフェゼーリスト大陸に、突如《とつじょ》、魔物が溢れ出るようになった。そのため、敵は人から魔物に替わり、長く続いていた人間同士の争いは終わった。

だが、シュピュリール大陸はそうはならなかった。

あの大陸では、今でも人間同士の争いが絶えることなく続いている。魔物も少なからずいるのだが、被害がどれだけ大きくても、決して協力して魔物を討伐《とうばつ》することはない。それどころか魔物を利用して相手に打撃を与えようとする者もいる。

そういったことから、フェゼーリスト大陸の人間に『野蛮人《やばんじん》で溢れる大陸』なんて呼ばれ、次第にシュピュリール大陸へ行く者もいなくなり、事実上、渡航禁止の状態になってしまったのだという。

これらの噂についてエギルはさほど信じてはいなかった。それでも、火のない所に煙は立たないともいうから、あながち全《すべ》ての話が嘘とは言い切れないだろうと思っていた。

エギルは椅子《いす》の背もたれに寄りかかる姿勢から、前のめりに座り直した。

「シュピュリール大陸は南に海を渡って行ったとこだったか?」

「そう」

「大陸間の移動に関しては海岸警備隊の連中が監視してる。それを突破する方法があるのか?」

「ある。現にわたしが向こうからこっちに来てる」

「そうか」

フィーがシュピュリール大陸の出身だということは聞いていたが、どうしてこちらに移住したのか、向こうで何があったのかは知らない。

おそらく話したくない事情があるのだろう。

エギルはゆっくり息を吐き、ソファーへ背を預ける。

「失礼な質問だが、一つ聞いていいか?」

「うん」

「シュピュリール大陸の住民には、危険人物が多いか?」

「……野蛮人で溢れた大陸って呼ばれてるから?」

「ああ、そうだ。正直なところ俺は焦《あせ》ってる。みんなに何ら成果や未来への希望を見せてやれてないからな。だが、その俺が結果を急いだせいで、この状況が悪化するのは避けたいんだ。だからフィーの意見を聞かせてくれ」

「そう……」

フィーはぷらんぷらんさせていた白ウサギを膝《ひざ》の上に寝かせて、少し間《ま》を空《あ》けて答えた。

「……もちろん、殺しは日常茶飯事だったよ、わたしがいた頃から」

一切偽《いつわ》りのない言葉。けれど、フィーは「だけど」と言葉を続けた。

「向こうも、この大陸のことを『魔物を喰《く》らうケダモノたちが住む大陸』って呼んでた」

「魔物を喰らう、か……」

「だけど、いざ、わたしが来てみたら違った。要するに、お互いに相手をちゃんと見ないで決めつけてるんだよ」

確かに魔物を喰らう冒険者もいる。けれどそれは食用で流通してる魔物であったり、長期にわたるクエストで食べるモノがなくなるなど必要に迫られてだ。そもそも一般人は食用ではない魔物を食べたりしない。

結局のところ、全てが噂通りというわけではなく、実際に見てみないとそれが本当かどうかはわからないということだろう。

「そうかもな……よし」

エギルは立ち上がり、窓の外を見つめる。

「ここで悩んでいても、何も解決しないよな」

八方塞《はっぽうふさ》がりの状況の中、ただ過去の資料を眺《なが》め、歴史上の先導者たちが作った道を真似《まね》ても何の解決にもならない。

新しい選択。

それが今、エギルには必要なのかもしれない。

「考える時間が必要だ。俺だけじゃなくて、他のみんなにもな」

「うん。行く時になったら言って。ついて行くから」

「……ついてくるのか？」

「当たり前。道案内は必要でしょ？」

「まあ、有り難いんだが……」

大陸を移動するのは容易なことじゃない。だから元々暮らしていたフィーがついてきてくれるのは有り難い——が、どうなるか……。

それに、作り始めて日も浅い『無名の王国』を長期間放置するわけにはいかない。すぐに帰ってこられればいいが、行ったことのない大陸、ましてや野蛮な者たちが暮らすといわれているところ……どうなるかわからない。

「とりあえず、みんなにも話してみる。エレノアたちには残ってもらうことになるだろう」

「うん、そうして。ここを離れている間のこともよく話し合って。領土を奪おうとする人間は沢山《たくさん》いるから」

「ああ、ありがとうな。色々と考えてくれて」

「別にいいよ。自分が生活する場所だし、エギルが頑張ってるのも知ってるから。……ねぇ、エリザベス」

フィーはそう言って、再びエリザベスの両手を持って、ぷらんぷらんと揺らす。

普段から無表情だけど、あれこれと考え、心配してくれてるのだろう。

感情を表に出さないのは、彼女の元々の性格か――それとも、何かがあってそうなったのか。

それは本人には聞けない。まだ少しだけ、壁があると思うから。

◆

――その日の夜。

エギルはエレノアたちに伝える前に、ゲッセンドルフとハボリックに伝えた。

住民区にある家屋の狭い部屋に男三人。

安酒を喉《のど》へ流し込むゲッセンドルフは短く言葉を紡《つむ》ぐ。

「他の大陸、ですか……」

彼はボサボサの黒髪を触りながら、胡散臭《うさんくさ》い表情を更《さら》に胡散臭くさせ、んーと唸《うな》っていた。

「あまり賛成できないか？」

エギルがそう聞くと、

「一つの方法としては、アリかなと思います。ただですね、いざシュピュリール大陸へ行ったところで、話ができる相手じゃなかったら……そう考えると、簡単に背中を押せなくて。なにせ、向こうの大陸のことは噂程度でしか知りませんからね」

「まあ、そうだな」

「でもでもー」

酒が注がれたカップを片手に、骨付き肉にかぶりつくハボリックは、ニコニコと猫のような笑顔を振りまく。

「正直なとこ、このままじゃマズくないっすか？　大きな拠点をゲットしても暮らす人がいないと、冒険者であるゲッセンドルフさんたちも、仕事を持ってくる俺たちも暮らせないっすよ。何か手を打つなら、大きな賭《か》けに出た方がいいと思うんすよ」

「お前な……エギル様だってそれぐらいわかってるんだよ。だが急いだって上手《うま》くいくとは限らんだろ。楽観的すぎんだよ、お前は」

「えぇー、ゲッセンドルフさんが難しく考えすぎなんすよ。固い、固すぎるっすよ。顔に似合わず！」

二人の意見はどちらも正しい。

急いで決めても上手くいくとは思えない。どんな場所かもわからない大陸へ行って、果たして見知らぬ人々にエギルの願いは届くのだろうか。

そもそも話を聞いてくれるのか、危害を加えられるのではないか、そういった不安もある。

ただ、ハボリックが言ったように、どこかで賭けに出なければ何も変わらないだろう。

エギルは悩んでいた。いつものような男らしさの見えないエギルの表情を見て二人には笑顔が生まれる。

「まっ、決めるのは旦那《だんな》っすよ」

「その通り。エギル様がどうしたいかですよ」

「俺か……？」

そう聞かれて、エギルは少し考えてから答える。

「俺は行動したい。このまま訪れるかわからない幸運を待つよりも、自分の手で掴みたいんだ。みんなが安心して暮らせる場所を作るためにも……」

そう伝えると、二人はニヤニヤと笑った。

「んじゃ、そうするといいっすよ。俺たちはここで、旦那の最高の報告を期待して待ってるっすから」

「エギル様が帰ってくる場所は、自分たちが必ず守るんで安心してください」

「お前ら……」

その時だった。

――コンコン。

不意に扉が叩《たた》かれた。ハボリックが開けると、

「お迎えですよ、エギル様」

「飲み過ぎてないですよね？」

そこにいたのは、エレノアとセリナだった。

「もうか？」

まだ飲み始めて一時間しか経《た》っていないのに、とエギルは疑問に思う。

「はい、もうです。何かわたくしたちに報告があるかと待ってたんですよ」

おそらく、フィーが二人に話したのだろう。

「そうか。それじゃあ、ここは二人に任せるな」

エギルは立ち上がり、背中を押してくれた二人の仲間に声をかける。

「任せるっす。手の空いてる冒険者を雇《やと》って、ここは死守するんで」

「海岸から向かうなら手は打っておきますので。そうですね、出発は明日の夜でお願いします」

「ああ、わかった」

ゲッセンドルフとハボリックに別れを告げて家を後にする。

廃城へ向かうまでの道のり。エレノアとセリナはエギルの両隣にピッタリとくっつき、黙って歩いていた。

「三人はもう寝たのか？」

「はい。サナさんもルナさんも、掃除中、はしゃいでましたから。疲れたみたいです」

「フィーは自分の部屋でペットたちに必要以上の餌《えさ》をあげてると思いますよ」

「あいつ、またか……」

苦笑して、また沈黙が生まれる。

いつもならみんなで今日あった話なんかをするのだが、今は静かにエギルからの言葉を待っているようだった。

エギルは歩きながら二人に伝えた。

「シュピュリール大陸に行ってこようと思う」

エギルの言葉に、二人は黙ったまま頷いていた。

「このままここにいても、何も変わらない。打てる手は打ちたいんだ。二人や、他のみんなに迷惑をかけるかもしれないが――」

その言葉を、二人はエギルの腕を引いて止める。エギルの一歩前に出た二人の美しい笑顔が月の光に照らされていた。

「エギル様がみんなのためを思って出した答えなら、わたくしたちは背中を押します」

「そうです。私たちもできることをして待ってますから」

「……二人とも」

「ですが、約束してください」

「ちゃんと私たちの……私たちの待っているこの場所に、必ず帰ってきてください」

深くは聞かず、ちゃんと背中を押してくれる。

だから安心できて、この自分の居場所へ帰ってきたいと思う。

「ああ、約束する。絶対にここへ帰ってくる」

そう伝えると、彼女たちは嬉《うれ》しそうにエギルの腕に顔を埋める。そして、三人はこの時間を長く堪能《たんのう》するようにゆっくりとした足取りで城へと歩いていく。

◆

「それじゃあ、行ってくる」

次の日の夜。

エギルとフィーの出発を、多くの冒険者たちと、エレノアたちが見送っていた。

「エギルさんっ！　俺、おれっ！」

「なんで、ハルトが泣いてるっすか！」

ハルトが盛大な男泣きを見せ、ハボリックや冒険者たちが茶化すように笑う。

一方、ゲッセンドルフは、

「エギル様、忘れ物はないですか？　海岸に行ったらまず――」

「お前は俺の妻か？」

見た目とは正反対な良妻っぷりで心配そうにしている。

「エギルさん、待ってるからね」

「エギルさん、気をつけて、くださいっ」

「ああ、サナとルナも、あまり掃除を頑張りすぎないようにな」

サナとルナが、涙目になりながらエギルに抱きつく。

——そして、エレノアとセリナはじっと、エギルを見つめていた。

「……行ってくるな」

そう伝えると、二人は小さく頷く。

「はい、いってらっしゃいませ」

「いってらっしゃい、エギルさん」

声が微《かす》かに震え、目元にはうっすらと涙の粒が見えたが、片時もエギルから目を離そうとはしなかった。

結局のところ、二人は最後までエギルに弱い部分を見せなかった。

それがきっと、二人が考え抜いた最良の見送り方なのだろう。けれど本心では寂しく思っているのだとわかっていた。エギル自身も、みんなと離れるのがこんなにも辛く、寂しいものだと初めて気づかされた。けれどそれを表情に出しては、二人を安心させられないだろう。

「……必ず戻るから。ここは頼むな」

エギルは小さな声で伝え、みんなに背中を向ける。

これは一時の別れ。喜ばしい結果と共にここに必ず帰ってくる。

そんな気持ちを背中に込めたことは、果たしてみんなに――あの二人に届いただろうか？

エギルとフィーは歩きだす。一歩、また一歩と。

「――エギル様！」

ふと後ろから呼びかけられた。

「必ず帰ってきてください！　ここは……この、みんながいる場所は、あなたが――二人が帰ってくる場所ですから！」

振り返ると、エレノアは大粒の涙を流しながら叫んでいた。

その隣に並び立つセリナも、目元を拭《ぬぐ》っていた。

見てよかったのだろうか。そう思ったが、エギルは手を上げた。

「ああ、帰ってくる。俺とフィーと、この場所で暮らしてくれる者たちと一緒に」

これ以上の言葉を伝えれば、きっと、足が前へ出せなくなると思った。

きっと、見送る側の二人も同じだろう。突如として幸せを奪われた経験を持つ彼女たちにとって、エギルと離れることはとてつもなく苦しくて怖いことだろう。本当なら、行かないで、そう叫びたかったはずだ。

――けれど、その恐怖よりも、信頼が勝ったのに違いない。

だからエギルも、帰ると約束して前へ進む。希望への道へ。

◆

無名の王国を出て、シュピュリール大陸に面した海までは馬車に乗って二時間ほど。辺《あた》りはすっかり暗くなっており、周囲に人気《ひとけ》はない。

「……エギルさん、向こうです」

海岸へ到着するなり、御者《ぎょしゃ》は馬車を止め、岩陰《いわかげ》へとエギルたちを案内する。そこには一隻《せき》のおんぼろな小舟があった。

「ゲッセンドルフが用意したのか？」

「ええ、そうです。といっても、あいつは指示だけで、用意したのは別の者ですけどね」

「あいつ、いつの間にあちこちに顔を売ってたんだ？」

「抜け目のない奴《やつ》ですから。ささっ、急いだ方がいいですよ。警邏《けいら》隊が食事中の今がチャンスですからね。操縦《そうじゅう》については――」

小舟とはいえ、動力源となる魔力がしっかり込められたエンジンが付いている。これなら、別大陸までの移動は問題ないだろう。

エギルは御者から、手短に小舟の操縦について学ぶと、岸から海へと移動させ、フィーと共に乗り込んだ。

「フィー、準備はいいか？」

白ウサギのエリザベスと黒猫のフェンリルを抱いたフィーは、コクリと頷く。

ハムスターのゴルファスと小鳥のフェニックスは無名の王国で何かあった時のための連絡係として留守番となった。

「それじゃあ、行ってくる」

「お気をつけて。ゲッセンドルフからは帰りの準備はしないでいいと聞いていますが、本当によろしいのですか？」

「ああ、大丈夫だ。だろ？」

フィーに問いかけると、また頷いた。

御者に見送られながら、二人を乗せた小舟は水平線の見えない真っ暗な海を進んでいく。

「こうも周りが暗くて何も見えないと、怖くないか？」

窮屈《きゅうくつ》な小舟。互いに向き合う形で座りながら、フィーは遠くをじっと眺めていた。

「別に平気。……ねえ、なんで行く気になったの？」

「なんで、とは？　理由なら昨日、話しただろ？」

「うん。だけど、わたしの話だし……怪《あや》しいとか、そう思ったことはないの？」

エギルは少し考える。それは怪しんだかどうかではなく、なぜフィーがそんな質問をしたかを。

「別に、そうは思わなかったが。何かあるのか？」

「ううん、別に。エギルって人を信じやすいよね。すぐ騙《だま》されそう」

「痛いところを衝《つ》くな……まあ、そうかもしれないな。だが、こういう生き方の方が楽なんだよ。疑うより、信じる方がな」

「ふーん、そうなんだ」

相変わらずの無表情だったが、少しだけ寂しそうな顔が水面に映った。

◆

――フェゼーリスト大陸を出発して数時間。

フィーが示した方角へ舟が進んでいくと、前方に明かりが見えた。

「このまま進むか？」

「うん。入り口はないから。もし住民がいても、わたしから話すから大丈夫」

岸へ近づけば近づくほど、明かりの数が増えているように感じる。

そして、目を凝《こ》らすと、海岸は人で埋め尽くされていた。

人々が手に持った灯籠《とうろう》の明かり一つ一つがはっきりと確認できるほどの距離まで近づくと、

ゆったりとした柔らかい印象の声が響いた。

「──あらあら、人様の領土に海域から侵入してくるとは……『終《つい》の国』の人間は無礼だこと」

一人の女性がこちらを睨《にら》みつけながら姿を現した。

フェゼーリスト大陸にはない不思議な格好《かっこう》。

肩から手首までピシッと薄い朱色の生地《きじ》の衣を纏《まと》っていて、腹部には帯が巻かれている。襟《えり》元《もと》からはたゆんとした胸の谷間が見えた。

一方、周囲の男たちは暗い色合いの軽装。おそらく目の前の女が彼らの長《おさ》なのだろう。

「領土侵入は死を意味する──それをわかっていて、来たのでしょ？」

「いや、俺たちは──」

女はエギルの言葉を遮《さえぎ》るように、突然閉じた扇子《せんす》を掲《かか》げ、

「さようなら」

振り下ろした。

すると、微《かす》かに熱を帯びた光の玉がこちらへ一斉《いっせい》に飛んでくる。

それをはっきりと視認できたのは、轟音《ごうおん》がした直後だった。

「大砲か──無限剣舞《エンドレス・ソード》！」

数え切れないほどの丸い砲弾が真《ま》っ直《す》ぐ飛んでくるのを、エギルは無数に生み出した剣で迎え撃つ。

砲弾が半分に斬《き》られた瞬間、爆発を起こし、真夜中なのに昼間のように明るくなる。その一瞬、エギルは海岸に立つ女が驚きの表情を浮かべているのを見た。

「……まだ使ってるとこがあったとはな」

「……うん。この大陸ではまだ使われてる」

大砲はかつて職業の力がなかった時に普及していた兵器。職業の力が生まれてからは、ただ金のかかる代物《しろもの》となり果て、フェゼーリスト大陸からは消えた。今ではもうどこを探してもないはずだ。

だがこの大陸の者たちは今でも武器として使っている。

エギルは次の砲弾が発射される前に、女に訴える。

「待て、俺たちはお前たちの敵じゃない！」

「そう言われて誰が信じると思うの？　どうせ陸から攻めるのは無理だと思って、海から来たのでしょ!?」

「何を言っているのかわからないが、いきなり現れたのはすまないと思う。だが、俺たちは──」

「往生際《おうじょうぎわ》の悪い奴ね。そんな異能の力を使うのは終の国の連中しかいないわ。生かしておくわけにはいかないの」

こちらが砲撃を無効化したことによって、向こうの警戒心《けいかいしん》がさらに強まり、何を言っても聞いてはくれない状況となった。

初対面から印象を悪くしたくないのだが、しかし応戦しなければこちらの耐久性の低い小舟が沈没してしまう。そんな時だった――。

「……相変わらず、華耶《かや》は人の話を聞かないね」

今までエギルの後ろに隠れていたフィーが前に出て、彼女を見上げる。

「……もしかしてフィーちゃん？」

「……そう。久しぶりだね、華耶」

「無事に、あそこから生きて……良かった、本当に良かった……」

華耶と呼ばれた女は嬉《うれ》しそうに瞳《ひとみ》を潤《うる》ませている。

――それと同時に、彼女の頭上に見える狐《きつね》のような三角形の耳と、毛の一本一本までもがはっきりと見える蠟燭《ろうそく》の火のような尻尾《しっぽ》から、彼女がエギルたちのような人間とは異なる存在であることがわかった。


シュピュリール大陸には、大きく分けて四つの領土が存在する。

北には、広大な湖の上に街が浮かぶ『湖の都』。

東には、大草原をテントで移動する遊牧民の国『平原地国《へいげんちこく》』。

西には、外敵を防ぐために築かれた巨大な石壁の砦が領土を守る『玄政砦《げんせいとりで》』。

南には、要塞《ようさい》のように守りの堅い王城が鎮座《ちんざ》する『終の国』。

エギルたちの舟が着岸したのは、シュピュリール大陸の北にある湖の都だった。

◆

「フィーちゃん久しぶりね。それにエリザベスやフェンリルも、少し大きくなったかしら?」

フィーと知り合いだったことで警戒が解かれ、歓迎されたエギルたちは、湖の都を取り仕切る長——紗霧《さぎり》華耶によって彼女たちの住む街へと案内された。

湖の都は名前の通り、湖に街が浮かんでいる。コテージのような小さな小屋が橋で繋《つな》がっていた。コテージは藁《わら》や木材など軽い素材で建てられ、内部は草などで編《あ》んだ絨毯《じゅうたん》が敷かれ、靴を脱いで上がるという、フェゼーリスト大陸とは異なった様式の住居だった。

エギルたちは、その中でも、ひと際大きな『御殿《ごてん》』と呼ばれる平屋のお屋敷へと案内された。

建物の中は、常《つね》に優しく湖の水音がして、どこか落ち着いた雰囲気《ふんいき》があった。

「それで、フィーちゃん、彼は?」

「ん。エギルはわたしの主」

「主……そう、主」

　華耶のフィーを見る目は友人のそれだが、エギルへの視線は警戒してますと言わんばかりの鋭さだった。そして、フィーの〝主〟という発言によって、更に華耶の表情が厳しくなる。

「俺はエギル・ヴォルツ。フィーの〝主〟だ。フィーとは、まあ、そんな感じだ」

「ふーん、そう。フィーちゃんは平気？」

「うん、エギルは良い主。この子たちにもちゃんとご飯あげてくれるから」

「それならいいわ。さて、二人が今日ここに泊まることをみんなに伝えてくるわね」

　そう言って華耶は立ち上がると、

「そうそう、船での長旅で疲れてるでしょ？　後で誰かに食事を持ってこさせるわ」

　と告げて、この場を後にした。

「食事……か。警戒は完全に解いてくれた、というわけではないよな？」

「たぶんね。この大陸は元々、人を簡単に信じないところだから」

「そうだよな。それより、さっき、もう少し早く彼女に声をかけて止めてくれても良かったんじゃないのか？」

　エギルが言っているのは、二人が大砲で狙《ねら》われ、職業の力を使って応戦した時のことだ。フィーが華耶と知り合いで、その存在に気づいていたのなら、すぐに声を上げてくれれば面倒《めんどう》は避けられたのにと思う。だが。

「……これから先、交渉《こうしょう》するならエギルの力を見せた方が良いでしょ？」

「……力を見せて、移住をしてもらう材料にしたってことか？」

「そう。まあ、これで良かったかはわからないけど」

確かに出合い頭《がしら》で力を使って、この湖の都の住民を守れる力があると思ってもらった方が、この後の交渉には良いかもしれない。

「まあ、印象は悪くなったかもだがな」

「それはそれ。で、華耶の見た目の感想は？」

「見た目？」

「そう、これ」

フィーは頭の上に両手を持っていき、ペコペコと指を曲げる。

「ああ、耳か。それに尻尾も。どうかと聞かれても……そうだな、確かに初めて見たから驚いたな。この大陸では普通なのか？」

「ううん、華耶だけ。でも、フェゼーリスト大陸で魔物が溢れ出たように、ここシュピュリール大陸でも、不思議な力を持った人はたくさんいるよ」

「不思議な力……？」

華耶の頭上にあった銀色の三角形の耳と、中央部が丸みを帯び先端にいくにつれ細くなっていく尻尾は、魔物と関係があるのだろうか。そして、フィーは何かを知っているのか。

「フィーは、あれが何なのかわかるのか？」

率直《そっちょく》な疑問をぶつけると、フィーはエギルをじっと見つめる。

「それは、華耶に直接聞いた方がいいよ。華耶の知られたくないことでもあるから。……それに、エギルに打ち明けられないと、きっと、移住のことも考えてくれないと思うから」

知られたくないこと、というのがあるのだろう。それをフィーからではなく本人から聞ければ、認めてもらえたと思ってもいいかもしれない。エギルは頷き、華耶が戻ってくるのを待った。

◆

エギルとフィーへの食事の準備を侍従《じじゅう》に任せ、華耶は彼らから少し離れた一室で、難しい表情を浮かべながら肘掛けのある籐《とう》の座椅子《ざいす》に座っていた。

「――華耶さま。なぜあの男を都へ入れたのですか？」

華耶に向かって置かれた長テーブルを前に座る男たち――湖の都の重臣は、別の部屋にいる二人に聞かれないよう小さな声で発言した。

華耶も、ここにいる者たちだけに聞こえるくらいの声で言葉を返す。

「みんなもフィーちゃんのことは知ってるでしょ。彼女の知り合いだからよ」

「ですが、あの男は、フェゼーリスト大陸の人間です。あの力だって、終の国に加勢してるあの二人組と同じではないですか」

「……みんなの気持ちはわかるわ。だけど、フィーちゃんはそんな子じゃないって知ってるでしょ？　それに、現状では戦力が足りないのも知ってるわよね？」

「……もしかして、あの男に手を貸してもらうおつもりですか？」

その問いに、華耶は黙って頷く。

男たちの驚きの声が部屋に響く。

「まだ手を貸してもらうほど信頼できる相手かどうかは判断できないわ。だけど、もし手を貸してもらえるのなら、今の窮状《きゅうじょう》を覆《くつがえ》せるかもしれない」

「ですが」

「今日のところは、彼らは私が引き取るわ。ただ、あの男への警戒は緩《ゆる》めないで。それは他のみんなにも伝えておいてちょうだい」

「……わかりました。伝えます」

華耶の言葉に、男たちは全員、部屋を出て行く。

一人、部屋に残った華耶は、ため息を漏らす。

「吉と出るか、凶と出るか。……もし凶だったら許さないわよ、フィーちゃん」

「……それは大丈夫」

華耶しかいないはずの部屋にフィーの声が響く。振り返ると、いつの間にかフィーが扉の前に立っていた。


「今の話、聞いてたの？」

「ううん、聞いてない」

「そう……。えっと、食事は他の者に届けさせるから、フィーちゃんは待っててていいのよ？」

「華耶と、話がしたかったから」

そう、と返した華耶だったが、フィー一人だったことで、今エギルが一人になってることに気づく。

「……あの男を一人に？　もし変なことしたら他の連中が――」

「エギルはそんなことしないから大丈夫。それに、強いから心配ない」

「……随分《ずいぶん》と信頼してるのね、彼のこと」

「まあね」

フィーは、近くにあった椅子に座る。

先程のような仲睦《なかむつ》まじさは影を潜《ひそ》め、二人の間に少しだけ不穏《ふおん》な空気が流れる。

「フィーちゃんは、今までフェゼーリスト大陸で暮らしてたの？」

「……うん、そうだよ」

「そうだったのね。ずっと、気がかりだったわ」

「わたしも、会いたいって……だけど」

フィーが俯《うつむ》き、昔のような寂しそうな表情を浮かべたのを見て、華耶は慌《あわ》てて声をかける。

「だけどこうしてまた会えて良かった。向こうでは、幸せにやれてた？」

「……どう、かな。だけど、今は楽しい。エギルとか、他のみんなも良くしてくれるから」

「他のみんな……？」

「そう、エギルが作った王国にいる、みんな」

「彼が作った……彼は王様なの？」

「どうだろ。エギルはあんまりかしこまった感じになるのは嫌いのようだし、そういう風に見てほしくないみたいだけど。……あのね、華耶にお願いがあるの」

「……なに？」

少し身構えてしまったのは、最近、厄介《やっかい》ごとが多かったからだろうか。

「エギルの王国に、みんなで移住してほしい」

「……」

唐突《とうとつ》な申し出に、華耶は固まる。だがすぐに言葉を理解して、笑いだした。

「ははっ、フィーちゃん、それ本気で言ってるの？」

「うん、本気」

「そう……」

久しぶりの再会でもフィーの目を見れば本気か冗談かの区別はつく。今の言葉が本気だとわかり、華耶も真剣な表情で返す。

「無理よ。彼の人となりや、どういった場所かを知っても答えは変わらないわ」

その返事に驚くわけでも、悲しむわけでもなく、フィーは頷くだけだった。

「……うん、わかった。だけど、この大陸の現状も、わたしがいた頃と変わらないんじゃない？」

「ええ、そうよ。未《いま》だに終の国は他から奪うことをやめない。湖の都の人間がいくら抵抗してもフィーちゃんがいた頃と何も変わらない。……だけど大丈夫。終の国との争いは、今度こそ終わらせる。もう争いたくないもの」

「それ、わたしがいた頃から言ってたよ」

「……」

図星。華耶はその言葉に何も言い返せなかった。

「……どっちにしても、フィーちゃんの願いは聞けないわ」

「そっか。うん、わかったよ。あとはエギルに任せる。わたしがここに来たのは、エギルを助けてあげたいのと……」

フィーは俯く。その表情は少しだけ愁色《しゅうしょく》を増す。

「ユリシスと華耶に救ってもらった恩返しがしたかったから。華耶の重荷が少しでも軽くなったらいいなって」

「フィーちゃん……別に、私たちは家族みたいな関係なんだから、気にしなくて良かったのに」

「ううん、二人と出会えたから、変われた。感謝してる。……だから、わたしは華耶に恩返しがしたい」

「……彼の王国に移住するのが恩返し、ね……それは私一人で決めていいことではないわ。私はみんなの長。この湖の都を守ってきた先代から託《たく》されたのだから」

「──契約、まだできてないんでしょ？」

「──ッ！」

フィーの言葉に、華耶は動揺する。だがすぐに息を整え、笑って答える。

「ええ、そうよ。だけど全てが終われば、この力も不要になるわ。こんな──宿主《やどぬし》を殺す力」

そう言った瞬間、胸を抉《えぐ》るような痛みが生じる。

まるで心に飼《か》った何かが怒っているような、そんな痛みだ。

「大丈夫？」

「大丈夫よ。昨日、力を使ったからまだ苦しいのよ」

「そう。わたし、そろそろ戻るね」

「あっ、フィーちゃん！」

部屋を出ようとしたフィーを華耶が止める。

しかし、止めたはいいが、なんて言えばいいのか悩む。

「……ユリシスがあの後、どうなったかは知ってるのよね？」

「うん……見てたから」

「そう。ねえ、ユリシスに会いに行くの？」

結果、そのまま聞いた。すると、フィーは苦しそうな笑顔を浮かべた。

「うん。もう一度——今度はちゃんと、別れの挨拶《あいさつ》と、お礼を伝えたくて来たから。それじゃあ、おやすみ」

フィーは部屋を出て行く。

部屋に一人残された華耶は、彼女が出て行った扉に目を向け、

「……おや、すみ……別れと、お礼……だったら尚更《なおさら》、フィーちゃんはここにいたら駄目よ」

華耶は彼女に伝えられない想いを、哀感《あいかん》を帯びた声で漏《も》らした。

◆

シュピュリール大陸に上陸した翌日。

エギルとフィーは華耶に都を案内してもらっていた。

泊めてもらった『御殿』から出ると、橋で繋がれた家屋を忙《せわ》しなく行き来する人たちの様子を見ることができた。

「ここで暮らしている住民は、一〇〇〇人ぐらいね。フィーちゃんがいたときより減ってるわ」

「四つの領土に分かれた大陸の一つにしては、少ないな」

「そうね。大陸で一番力を持ってるのは終の国。ここよりも、かなり人口が多いわね。昔は均《きん》等《とう》だったけど、安全な場所を望む人たちはみんな強い国に移住してしまうの」

「それはいいのか？」

要するにそれは裏切り。エギルの問いに、華耶は苦笑いを浮かべる。

「ここが安全な場所だと思ってもらえなかった、ただ……それだけのことよ」

エギルは華耶の顔を見て、小さな声で謝る。

「すまない。変なことを聞いた」

「別にいいわよ。……ねえ、私はこの大陸でしか暮らしたことがないから、他の大陸のこと聞かせてもらえる？」

「ああ、構わない」

別大陸に興味を持ってくれるなら、そう思いエギルは自分たちの大陸について説明した。

フェゼーリスト大陸に魔物という人間の共通の敵が生まれたことで今は人々が協力していること、魔物に対抗するために職業の力を身につけた冒険者たちがいること。他にも、服装も全然違い、華耶たちの着ている服装がとても珍《めずら》しく見えること、家の中で靴を脱ぐ習慣がないことなどを丁寧《ていねい》に話すと、華耶は興味深そうに終始頷きながら真剣な眼差《まなざ》しで聞いていた。

「……じゃあ、そっちは人間同士の争いは少ないってことなのね」

「ああ、ここに来てまだ一日だが、おそらくそれはここより少ないと思うな」

「人間同士が争う代わりに、魔物と戦ってるってこと？」

「ああ、そうなるな」

「……そう。どちらも敵はいるってことね」

「そうだが、魔物相手だと人とは違って少しは気持ちの面で楽かもしれないな」

「……そうね、できることなら、私も相手は人じゃない方がいいわ。人を殺《あや》めたら、嫌というほど『死』を感じるもの」

「……そうだな。自分も相手も、死にたくないと必死だからな」

華耶は黙って頷く。人間同士の争いは、魔物を相手にするよりもずっと厄介だ。死に直面すると魔物も苦しむが、理解できる言葉で訴えかけてくることはない。それが人間だと直接的に伝わってくる。しかし、相手が襲《おそ》ってくるなら、やるしかない。同情して手を抜けば、自分の命や、大切な者の命が奪われるのだから。

「ん、あれは……？」

重くなった空気を払うように、エギルは住民の一群を指差す。

「あれは私たちの大陸に伝わる格闘術の一つよ。フィーちゃんから聞いてない？」

それは、住民たちが格闘術を学んでる光景だった。

「……わたしは言った」

「……そうだったな」

フィーが「忘れてたの？」と言わんばかりの眼差しで見つめてきたため、エギルは頭をかきながら、遠くの空を見上げる。

「ここの住民は皆、格闘術を心得てるってのは聞いたが、そこまで深くは聞いてなかっただろ？」

「そうだったかも」

どうやら、フィーは納得してくれたようだ。エギルは話を戻す。

「その格闘術は誰もが学ぶ必要があるんだな」

そこには小さな子供から腰の曲がった老人まで、様々な年代の者がいた。そして、華耶はエギルが抱いた疑問の意味を理解したのか、前へ歩いてく。

「年齢に関係なく老いも若きも戦う……それが、ここでの普通なのよ。近くで見る？」

そう聞かれ、少し考え、首を左右に振った。

「いや、邪魔したくないからここで構わない」

本当の理由は、訓練中の彼らの、エギルを見る視線に敵意を感じたからだった。

勘違《かんちが》いかもしれない。けれど、人間同士の争いが絶えないここでは、余所者《よそもの》であるエギルに敵意を向けるのは当然かもしれないとも思う。

そんな時だった。

「――華耶様！」

華耶のもとに男性が慌てた様子で走ってくる。

「どうしたの、そんなに急いで」

「そ、それが……」

男性は華耶に耳打ちする。

するると、華耶の表情は険しくなった。

「また……あの二人も来てるの？」

「いえ、姿はないとの報告です」

「わかったわ。私もすぐ行くから、手の空いてる者を急がせて」

「わかりました！」

男性が足早に立ち去る。

「どうかしたのか？」

「……終の国が攻めてきたのよ」

そして華耶は、何か考えてるのか、しばし口を噤《つぐ》んでから、

「ここの現状を知るいい機会かもしれないわね。見に来る？」

――なぜ自分たちを連れて行くのか？

エギルは戦場に部外者を連れて行く理由を考えた。しかし、考えても仕方のないことだ。それよりも、ついて行けばこの大陸の現状が見れて、尚且《なおか》つ、エギルがここへ来た目的に近づくことができるかもしれない。

「ああ」

短く返事すると、華耶は頷き、エギルとフィーと共に戦場へと向かった。

◆

華耶に案内され、都を出て山道を駆け抜けると一気に視界が開けた。眼下には青々とした草で覆《おお》われた大草原が広がっていた。既《すで》に終の国の兵士たちが間近《まぢか》に迫ってきていることも、はっきりと確認できる。

もちろんそこに魔物の姿はなかった。人間対人間の戦争。だが、目の前で繰り広げられるこの光景に、エギルは微かな違和感を覚えた。

「……覇気《はき》がないな」

魔物との戦闘であっても、人は死ぬかもしれないと感じたら何らかの感情をむき出しにする。威嚇《いかく》し、決死の形相《ぎょうそう》で雄叫《おたけ》びを上げる。それは死の恐怖を抑え、自分を奮《ふる》い立たせるためだ。

しかし、終の国の者たちは一切表情を変えることなく、声も発さず静かに、まるで人形のような様子で湖の都の者たちと戦っていた。それに、どこか顔色が悪く見える。

「彼らは人間ではないのよ」

「人間じゃない……？」

「そうよ。正確に言えば、姿だけは人間なんだけど」

華耶は戦況を悲しげに見つめる。

「あの終の国の兵士たちには魂《たましい》はないの。そこにいるけど、そこにいない。私たちは彼らを死人と呼んでるわ」

「死人……？　もしかして、あの動いているのは死んだ人間ってことか？」

「……ええ」

短く返事をする華耶。

死人だと説明を受けたエギルだったが、あの人間たちが――異様な雰囲気を纏《まと》っているとはいえ――人であることには変わりない。

では、彼らはなぜ動けるのか。エギルは、死体を操《あやつ》っている人間がいるという答えに至《いた》り、そうさせているのが、終の国の連中ではないことも理解できた。

「職業の力……ここの住民が異能と呼ぶ力か」

「そうよ。傀儡師《くぐつし》と名乗る者が終の国に加勢して、その異能の力で死人を操っているらしいわ」

なるほど、とエギルは一歩前へ出る。

「……何をするの？」

「職業の力に対抗するなら同じ力がいいだろ。劣勢なら手を貸す。ここへ来た目的のためにも」

終の国が悪者かどうかなんてわからない、ここで手を貸すのが正義に適《かな》うかどうかも。けれどここへ来たのは、エレノアたちや冒険者の仲間たちに、少しでも自分に期待を懸《か》けて良かったと安心してもらうためだ。だからここで悩んでいても仕方ない。自分が今、やれることをするだけ。それに、

「今戦っている人たちの中には、俺たちがここに来てから食事を持ってきてくれたり、挨拶をしてくれた人の姿もある。そんな人たちが目の前で困っているのに、ただ見ているのは、俺の性《しょう》に合わないんだよ」

「だけど……」

「エギルはそういう人だから」

フィーは隣に立つ。

「エギル、わたしがここにいたときには、終の国に職業の力を持つ者はいなかった。想像以上に、湖の都は劣勢だと思う」

「……そうか。手伝ってくれるか？」

「うん。エレノアたちから、エギルの力になってあげてって、頼まれてるから」

「そうか。それじゃあ──」

「──待って。これは私たちの問題よ。二人に手を貸してもらう必要はないわ」

「だが──」

「──華耶様、力をお使いになるつもりですか？」

エギルの言葉に被《かぶ》せるように、いつも華耶の側《そば》にいる従者の一人が言葉を発する。その声色《こわいろ》には、彼女を心配する気持ちがこもっていた。

「……ええ、大丈夫よ」

華耶は従者たちに微笑《ほほえ》みかけると、胸に手を当て、言葉を紡《つむ》ぐ。

「──おいでおいで悪魔の魂。貸して貸して悪魔の──ッ！」

華耶の背中から影が伸びたように感じたが、彼女はそのまま膝をつき咳《せ》き込むと、その異様な何かがふわっと消えた。

「今のは……」

「華耶様！」

従者たちが慌てた様子で華耶のもとに集まる。その者たちの表情を見れば、何か良くないことがあったのは疑いない。そして、エギルたちに聞かれないよう、小さな声で従者は訴える。

「……昨日お力を使われたばかりではないですか。やはり今日は無理です」

「……大丈夫。大丈夫よ。それにここで力を使わないと」

「ですが！」

従者の一人がエギルをちらりと見る。

「聞かれたくないことか……フィー、俺は先に行く」

エギルは歩き出す。その後ろ姿を華耶は手を伸ばして止めようとする。

「……エギルさん、これは……私たちのことで」

「別に貸しを作ってどうこうしてもらうつもりはない。泊めてくれたお礼だと思ってくれればいい」

「ですが……」

華耶は口ごもる。

これは自分たちの問題。だから巻き込みたくない。

しかし、動けない自分の身体《からだ》と心配そうにする従者たち、それに劣勢な状況にある湖の都の者たちを見て、華耶は意地を捨て、エギルに小さな声で「お願いします」と頭を下げた。

「ああ、気にするな」

「……だけど、フィーちゃんは行かないで」

なぜか、フィーだけを止めた。それに対して、フィーは首を傾げる。

「……どうして?」

「それは……」

何かあるのだろうが、華耶は黙ったまま俯いた。

フィーは指示を待つようにエギルを見る。

「それじゃあ、フィーはここで待っててくれるか？」

「……わかった。エギル、気をつけて」

「ああ、わかってる」

そう伝えると、エギルは戦場へと走りだした。

「エリザベス、フェンリル、エギルに手を貸して」

フィーは、エギルのもとへ白ウサギと黒猫を送った。

◆

「……なぜ、彼は手を貸してくれるのかしらね。部外者なのに」

体調が回復したのか、華耶は戦況を見つめながらフィーに問いかける。

「エギルは、そういう人だから」

「そういう……お人好《ひとよ》し、ってこと？」

「それもある。……けど、それだけじゃない。エギルは王国に残ってる大切な人たちのために頑張りたいんだと思う」

「それは昨日、フィーちゃんが言ってた、彼の王国にここの住民に移住してほしいって話と関係があるの？」

「そう」

華耶はエギルの思考を読むことはできなかったが、一つのことだけは理解できた。

「悪い人では、ないようね」

「うん」

「それに、ユリシスに似た、誰にでも優しくできる人。だから、フィーちゃんは彼の側にいて、手を貸してあげようと思ったの？」

その問いに、フィーは寂しそうな表情を浮かべる。

「わからない。……たぶん、わからないから、エギルと一緒にここへ来たのかも。エギルが頑張ってるのを見て、その姿がユリシスに重なった」

「そうなのね。だけど、彼が優しい人だとわかっても、簡単に移住は決められないわ。私はこの長。みんなを守るよう先代に託されたのだから」

住民が移住することを望んでいるのなら、彼の手を摑んで、少しでも安全な地で生活した方がいいだろう。けれど、ここは華耶を含め、みんなの故郷だ。今は戦場と化している大平原で幼い頃に駆けっこした思い出もある。半農半漁で、長きにわたって暮らしてきたこの地を、そんな簡単に手放せない。先祖も守っていってほしいと願っているはずだ。

「……だけど、もう限界なんでしょ？」

華耶はフィーにじっと見つめられる。

「どうかしらね。だけど、やるしかないのよ」

そう、やるしかない。誰も湖の都を助けてはくれない。誰も、華耶を救ってはくれない。だから誰にも頼らず自分たちで窮地《きゅうち》を切り抜けなくてはいけない。それは彼女がこの世に生を受けた瞬間から決まっていたこと、誰も――。

「――エギルは手を差し伸べてくれるよ」

「――ッ!?」

真剣な眼差しを向けられて、華耶は一瞬、目を丸くさせたが、すぐに笑って流す。

「ははっ、そんなわけないでしょ？　出会って間もない相手なのよ」

「エギルは、そういう人だから」

「も、もう、フィーちゃん、おかしいわよ？　そんなわけないでしょ」

笑って誤魔化《ごまか》そうとしても、フィーは真剣な表情を崩《くず》さない。

「……ありえないわよ」

華耶の声に少し苛立《いらだ》ちが混じる。

「誰も私たちに手を差し伸べてなんてくれないわよ。フィーちゃんだって、私のこと知ってるでしょ？　私は……誰にも救いを求めてはいけないのよ」

「今までは、だよ。エギルは違う」

「なんでそんなこと――」

何に自分は苛立ってるのだろうか。冷静になれば、そんなことないとわかるはずなのに。

そして、フィーは華耶が苛立っている理由を理解してるかのように伝える。

「……考えて。自分の身体の限界と、湖の都全体の限界がどこなのか。――自分が大切に思っているのは、この地なのか、住民の命なのか。わたしは、全て背負って苦しんできた華耶をずっと見てきたから言ってるの」

フィーはそう言って、戦闘が終わった光景を見つめる。

エギルの加勢によって圧勝したことに、湖の都の住民たちは驚き、喜び、彼のもとに駆け寄る。これまで戦場を勝利に導いていた華耶一人に向けられていた想いが、今はエギルに向けられていた。住民はまるで、新たな可能性に歓喜《かんき》しているようだった。

「エギルのとこに行ってくる」

フィーも、彼のもとへ向かった。一人になった華耶は、小さく言葉を漏らした。

「……私も、いつの間にかエギルさんに淡い期待を抱いたのかもしれないわね」

一人で背負って生きていこうと決めたあの日の決意がエギルによって揺らいでしまった。そんな自分が情けなくて、だから苛立ってしまったのだろう。

二章　血と貴方を求める

エギルの力で圧勝となった湖の都では、祝宴があげられ、御殿《ごてん》へと帰還《きかん》したエギルは華耶《かや》と二人で食事をとっていた。

「エギルさん、お酒は呑《の》める？」

「いいのか？」

「手を貸してくれたお礼よ。はい、どうぞ」

木製の器《うつわ》にお酒が注がれる。

器の底が見えるほど透明感のあるお酒は、微《かす》かに花のような香りがした。それをエギルは口に含む。

「……うまいな」

「ふふ、お口に合って良かったわ。うちの自慢のお酒よ」

味わいは軽快だが、ほどよい苦みもあり、なにより余香《よこう》まで楽しめる。

「一緒にどうだ？」

今度はエギルが注ごうとするが、隣に座っている華耶は首を左右に振った。

「私はすぐ酔うから遠慮するわ」

「そう、か……じゃあ俺は遠慮なく頂くよ」

一緒に酔えば彼女との仲も深められると思ったのだが、華耶はここの長《おさ》。何かあればすぐに行動できるようにということだろう。

エギルはそう解釈して食事とお酒を堪能《たんのう》する。

ここでの食事は野菜や魚が多く、肉は少ない。湖の都では家畜の数も少なく、いても乳牛ぐらいだ。

「このオコメというのも、フェゼーリスト大陸にはなかったな」

「へえ、そうなのね。お米はお酒にもなる、この地で何百年も続いてきた農作物よ」

「そうなのか」

主食として出されたお米。フィーは知っていたが、エギルは、というよりもフェゼーリスト大陸で生まれた者は口にしたことがない。

大陸が違えば、食すものも違うということだろうか。それに渡航が禁止されてるから、こうした情報が伝わることもない。

エギルはこの地ならではの料理を味わいながら、ここにはいないフィーについて触れる。

「フィーも一緒に食べていけば良かったのになあ」

「そうね。久しぶりに都を見て回りたいって言ってたわ」

「この大陸は、フィーにとっても故郷なんだもんな」

「大陸はね。だけどフィーちゃんの故郷は終《つい》の国よ」

「そうか。なあ、ここでのフィーは、どんな感じだったんだ？」

　エギルはフィーにあまり深くは聞けなかったことを華耶から聞こうとするが、

「フィーちゃんから聞いてないなら、私からは言えない。秘密よ」

　笑って誤魔化《ごまか》されてしまった。

「それもそうか。まあ、話してもよくなったら、向こうから話してくれるか」

「かもね。ねえ、二人は出会ってまだ間もないの？」

「まあな」

「そうなのね。……ねえ、エギルさん」

「ん？」

　華耶は食事の手を止めた。

「ここへ来た理由、そろそろ話してくれてもいいんじゃない？」

「え……」

　華耶からこの話題を振ってくるとは思わなくて、エギルは一瞬固まる。まだ信頼関係すら築けていないのは理解している。そんな状況で、と思ったがここで話さなければ、永遠に口にできないかもしれない。エギルも食事する手を止めた。

「……俺は、フェゼーリスト大陸で王国を作った。数週間前にできたばかりで、人口もまだ百人ほどだ。そこに、湖の都の住民と共に移住してほしい」

「……」

「フィーから聞いた。このシュピュリール大陸には暮らすのに困ってる人が大勢いるって。俺はそういう人を救いたい。自分が救われたように、今度は多くの人を救う、そんな王国を目指してるんだ。だから、もし華耶たち湖の都の者が困っているなら……来てほしい」

頷《うなず》きも拒《こば》みもせず、彼女はただ黙ってエギルの話を聞いていた。

「ここがみんなの故郷なのはわかる。フィーも、故郷を捨てて、行ったことのない大陸で暮らすのは誰しも抵抗を感じるだろうと言っていた。それでも」

「……エギルさん、一つ、聞いてもいい？」

「ああ」

「エギルさんのいる王国に行って、アナタは私たちに何をもたらしてくれるの？」

それはきっとこれしかない。

「住む家と、ここより安全な暮らし。それは約束できると思ってる」

今のエギルが提供できることは、これぐらいしかない。

「そこには、湖の都の人口の倍以上、家屋がある。それに、昼夜を問わず狙《ねら》われるここよりは安全だ」

「そう」

華耶は短く返事をして、何か考えているように俯《うつむ》く。

「エギルさんは、その王国のために必死なのね」

「まあ、そうなるかな。とはいえ、俺一人では何もできてない。みんながいるから、前へ歩けるんだよ」

「みんなが……」

「華耶にもいるだろ？　困った時、助けてくれる者が」

エギルは、彼女は長なのだから、周りから信頼され、支えられてもいると思っていた。けれど、華耶は少し考えてから、苦しそうな笑顔を浮かべた。

「そう、ね……いるわね」

一瞬《いっしゅん》の間《ま》だったが、その表情を見れば、華耶が一人で全《すべ》てを抱え、頼れる者がいないことがわかった。

だがエギルがそう感じただけかもしれない。出会ったばかりで、華耶のことをまだ何も知らないのだから。

ただ、なぜ若い彼女が長をやっているのか。親や他の年長者たちはどうしているのか、疑問だけが湧《わ》いてくる。

そして、華耶は立ち上がる。

「そろそろ集会があるから、私はこれで……」

華耶はそう言って扉へと向かう。返事はなしか、そう思った時、ふと彼女は足を止め、

「……エギルさんをまだ信頼できてないから、返事は……もう少し待って」

「それは……」

華耶の返事は意外にも保留だった。この場で断らないということは、湖の都の将来を考える華耶から見ても、エギルの申し出はそう悪いものではないのだろう。

「ああ。俺も信頼してもらえるようにする」

「……ええ」

話が終わると、華耶は部屋を出て行く。その横顔は、王国を持ったエギルが悩み苦しむ時の表情にどこか似ていた。

◆

——エギルとフィーが寝入った静かな夜。

御殿の一室で、華耶は湖の都の住民から報告を受けていた。

「今回は異大陸の者の加勢で楽に戦えましたね」

住民たちには、ちらほらと笑顔が見え、戦闘後とは思えないほど疲労の色が見えなかった。

「そうね。だれど、彼らもずっとここにいてくれるわけではないわ。それに、あの傀儡師《くぐつし》と二人の少女がまたいつ来るかわからないのよ」

華耶の言葉に、笑顔を見せていた住民たちの表情は曇《くも》る。

するとその中の一人が恐る恐る手を上げ、発言する。

「……あの、彼らにはしばらくの間ここで暮らしてもらって、加勢してもらうのはどうでしょうか？」

「……それは、部外者の力を借りたいということ？」

「そうです。終の国がフェゼーリスト大陸から手を貸してくれる者を呼んだのと同じく、自分たちも彼らの手を借りるんです」

「けれど――」

「――儂《わし》は反対だ」

華耶の言葉を遮《さえぎ》るように、側役《そばやく》の男が声を上げ、周囲にいた年長者たちも賛同するように頷く。

「これは湖の都の問題で、ここは先祖が守り抜いてきた土地だ。余所者《よそもの》に頼るのは違うと儂は思う」

それに反発したのは、若い男たちだった。

「……だけど、終の国に助っ人《すけと》が現れてから以前よりも劣勢になったのは確かで、最近は、いつ襲《おそ》われるかわからなくて夜も安心して寝られないじゃないですか」

「それは、ほら、あれだ……交代で警備すりゃあ問題ない」

「その警備に当てる人だって、日に日に疲れていってるじゃないですか。……このままだと、いつ滅ぼされるかわからないですよ」

「なんだと⁉」

立ち上がった側役の男は、華耶を見て、

「こっちには華耶様が先代から継承した力があるんだ、簡単に負けるわけねえだろ⁉」

エギルの力を借りることに賛成なのは若者たちだ。彼らは日々、生きるか死ぬかの暮らしにうんざりしており、安息を取り戻したいと思っている。一方、反対しているのは側役の長老や、長年ここで暮らしてきた年長者たちだ。彼らには誇りと意地があり、先祖が守り抜いてきた場所を、余所者の手で救われるのが我慢《がまん》ならないだろう。

終わりのない議論に嫌気が差したのか、若い男の一人が不満そうに小さな声を漏《も》らす。

「……華耶様の力だって、今日は使えなかったじゃないか」

「――長の前だぞ！　口を慎《つつし》め！」

「やめなさい！」

更《さら》に場が荒れそうになるが、華耶の一声で静まった。

「確かに今日力を使えなかったことは認めるわ。だけど休めば大丈夫よ……」

「ほ、ほら、聞いたか⁉　華耶様の力は、先代がこの地を守ってきた力なんだ！　だから──」

「──でも、先代は契約者がいたからずっと守ってこれましたけど、いない今は、三日間完全に休まないと力は使えないいじゃないですか」

「──ッ！」

その言葉に、華耶の力に絶大な信頼を寄せてる長老たちも声を詰まらせる。

「そ、それは、だな……」

「契約しないと力の源《みなもと》を維持《いじ》できない。そんなにここを守りたいなら、あんたらが契約してくれよ」

「な、儂らは……ほ、ほれ、こんな老いぼれ連中より、お前ら若い連中の方がいいだろ。華耶様だって、その方が気兼《きが》ねなく力を蓄《たくわ》えられるだろ」

「俺たちは……嫌だよ。まだ死にたくねえ」

若い男の言葉を聞いて、側役の男たち年長者は、一斉《いっせい》に罵声《ばせい》を投げかけた。

「おい！　死ぬって決まったわけじゃねえだろ⁉」

「だ、だったら、あんたら老いぼれ連中が契約しろよ⁉」

住民たちの言い合い。それがただの、押しつけ合いに見えるのは華耶の思い間違いではないだろう。やるせない苛立《いらだ》ちが生まれるが、華耶は冷静になって手を叩《たた》く。

「みんな、静かに。もういいわ。エギルさんには手を貸してくれるように頼むし、私の力も明日には使えると思うから。……今日は解散しましょ」

華耶の言葉で集会は閉められ、バツが悪そうに住民たちはぞろぞろと部屋を出て行く。

「奪い、奪われてきたこの大陸の歴史が、こんなにも彼らを悲しい心にさせてしまったのね……」

争い続けてきた大陸の歴史に思いを馳《は》せ、華耶はため息を漏らすが、邪念を振り払うように首を左右に振った。

「……そうだとしても、頑張るしかないのよ。誰も手を差し伸べてくれない。誰にも頼れない。だから私が頑張るしか……」

それは決意ともとれる言葉だったが、その声に力強さはない。華耶の脳裏《のうり》に、エギルの姿が映ったが、それを必死に振り払う。

淡い期待を抱けば、それに手を伸ばしたくなってしまう。

もしかしたら、彼を殺すことになるかもしれないと知りながら——。

◆

——この地へ来てから数日。

最初こそ敵意を向けられていたエギルだったが、時間があれば住民たちの畑仕事の手伝いをしていた。この大陸で採れる野菜や果物について聞いたり、逆にフェゼーリスト大陸の話をしたりしている内に、次第《しだい》に彼《かれ》らとの距離が近くなってきた。

住民とより親しくなれた一番の要因は、みんなに戦う術《すべ》を教えたことだろう。

死にたくない、誰かを守りたい、そう思っている者は多く、長年戦いに身を投じてきたエギルの知識を、ここの者たちは真剣に聞いてくれた。そしてエギルは湖の都の者たちと同じように、華耶とも交流を深めていった。

同じ、国を守る立場にある者として、意見交換や世間《せけん》話なんかで盛り上がる日が増えた。

けれど、あれから移住の話は一切出ず、エギルはどうするべきか考えあぐねていた。

――そんなある日のこと。朝日が昇り始めた時刻。

「……エ……エギル……起きて！」

用意された部屋で寝ていたエギルはフィーに起こされた。

「ん……フィーか、どうした？」

目をこすりながら起き上がると、フィーは慌《あわ》てた様子で部屋の出入り口へと歩きながら、

「終の国が攻めてきたって、華耶が」

「なに？」

辺《あた》りは静まり返っており、争いが起きてる様子はおろか、いつものように誰かが廊下を歩く

足音すら聞こえない。本当に、誰もいなくなった感じがした。

「華耶は？」

「もう行った」

「わかった。俺たちも急ぐぞ」

エギルはフィーと共に湖の都の森林を走り抜け、前回戦闘を見下ろした山の見晴らし台へと向かう。近づけば近づくほど、金属と金属がぶつかり合う音や爆音、人々の怒気《どき》をまとった声がはっきりと聞こえてくる。

見晴らし台に着くと、終の国の大群が見えた。その表情には覇気《はき》がなく、遠くから見ても死人だとわかったが、その中には、鎧《よろい》を身につけた騎士らしき者たちの姿もあった。

「華耶！」

戦況を見つめていた華耶に声をかけると、彼女は驚いたように目を見開く。

「……エギルさん、それにフィーちゃん。どうしてここへ？」

「どうしてって、フィーが教えてくれたんだ。それより状況は？」

「最悪よ。今日で終わらせようってことかしらね」

緩《ゆる》やかな山を下った先に広がる大平原は至《いた》る所が抉《えぐ》られ、黄土《おうど》が剝《む》き出しになっている。炎があがっているところもあった。前回の戦闘よりも明らかに被害が大きい。誰の目から見ても戦況は明らかだった。

終の国は一万の軍勢、それに対し湖の都は千人で挑《いど》んでいる。

次々に後退してくる湖の都の者たちを見て、エギルは呟《つぶや》く。

「このままだと負ける、か……」

「……エギル」

隣に並び立つフィーは不安そうな表情を浮かべる。

「……この人数相手に、勝てそう？」

「どうだろうな。俺もこれだけの人数を相手にしたことはないな。だが」

エギルは力を使おうと前へ出るが、それを華耶が弱々しい声で止める。

「エギルさん、これは湖の都の問題だから……」

手を出さないで、とははっきり止めない華耶。

前にも手を貸しているのだから今更《いまさら》ではないか……とエギルは思ったが、毎日のように開かれている集会で何か言われたのだろうと察した。それは部外者のエギルにはわからない。けれどどこで手を貸さなければ、湖の都の者たちは全滅してしまう。この状況を打開できる術も、おそらくないだろう。エギルは笑顔を華耶に向ける。

「俺は俺のために勝手に動くだけだ。だから気にしないでくれ」

「でも……」

「なぁ、少しは誰かに頼ってもいいんじゃないか？」

「えっ……？」

「俺は湖の都の人間じゃないから、華耶が一人で何を抱えて、何を守ろうとしているのかはわからない。だけど、一人で頑張っても辛《つら》いだけじゃないか。それなら、部外者であっても手を貸してと言えばいい。俺は、華耶の力になりたいから」

今の華耶を見てると、エギルは同じく何かを守ろうと必死になってきたからこそ、手を差し伸べたい気持ちになる。何かに悩み、なかなか手をこちらに伸ばしてくれないから、なおさら心配になる。

そのとき、返答を出せずにいた華耶へフィーは優しい表情を向けた。

「エギルはそういう人。裏表がない、優しい人だから」

「フィーちゃん……」

「だから信じて頼ってもいいんだよ。エギルを……それに、わたしのことを」

フィーの言葉を受けても、華耶は俯いたまま顔を上げることはなかった。どんな表情をしてるのか、エギルにはわからない。少しでも重荷が軽くなってほしいと思い、エギルは戦場へと視線を向ける。

「人は誰かに支えられて生きているんだ。俺も、フィーも、華耶だってそう生きるべきなんだ」

エギルは右手を前に出し、剣舞士《ソードジェネシス》としての力を使う。

ついて来てくれたフィーや、帰りを待ってくれてるエレノアやセリナ、サナやルナや冒険者の仲間たち。みんなが支えてくれているからこそ、安心して前へ進める。だから華耶にも、同じように誰かが側《そば》にいてくれるという安心感を持ってもらいたい。湖の都にそういう者がいないのであれば、エギル自身がそうなりたい。

「無限剣舞《エンドレス・ソード》」

エギルは出し惜《お》しみせずに、一気に大量の剣を大平原に展開する。

遠目には銀色の剣があちこちで宙に浮いてる状況だが、その無数の剣を間近《まぢか》に見た湖の都の者たちの目には光が灯《とも》り、活路を見出《みいだ》してくれたように感じた。

「……エギルさんは、どうして」

華耶の消え入りそうなほど小さい声がした。そしてフィーは、華耶の隣に立つ。

「言ったでしょ。エギルはこういう人だから」

フィーは、大平原に白ウサギのエリザベスと黒猫のフェンリルを放つ。

「エギル、被害の大きい箇所を教えるから」

最も遠い距離で行われてる戦闘はエギルからは見えない。今どこに助けが必要なのか的確に把握《はあく》できない部分については、フィーの力で見渡してもらい、そこに剣を生成する。

「……どうして」

華耶は、今度ははっきりとエギルの耳に聞こえる声を発した。

「そんなことされたら……全部、受け入れてくれるって、期待しちゃうじゃない」

「……華耶」

嬉《うれ》しそうにも悲しそうにもとれる、震えるような声を発した華耶を見て、フィーは心配そうに声をかけるが、華耶は首を振って笑顔を見せた。

「エギルさんが真正面から受け止めてくれるなら、私も……手を差し出すわ」

華耶は目蓋《まぶた》を閉じて、胸元で手を重ね、小さな声で言葉を紡《つむ》ぐ。

「おいでおいで悪魔の魂《たましい》、貸して貸して悪魔の力、この地を守りし紅《くれない》の巫女《みこ》が願い奉《たてまつ》る。捧《ささ》げるは巫女の鮮血、喰《く》らうは狐《きつね》の化身《けしん》、刹那《せつな》たる願いをここに――封印《ふういん》解放――悪神九尾《きゅうび》！」

華耶の腰あたりから生《は》えている尻尾《しっぽ》がゆらゆらと揺れると、背中から赤い影が現れる。

祝詞《のりと》が紡がれるにつれて、その影は縦横無尽《じゅうおうむじん》に広がり、はっきりとした輪郭《りんかく》が浮かび上がった。そこに顕現《けんげん》したのは、華耶へと降り注いでいた太陽の光を遮るほど巨大な狐。

白い毛並みに九本の尾。鋭い牙《きば》と爪《つめ》。威圧《いあつ》感のある血眼《ちまなこ》が平原を一瞥《いちべつ》すると、地響きにも似た咆哮《ほうこう》が轟《とどろ》いた。

『フオオオオッ！』

「これは……」

「この子は私の可愛《かわい》いペット。悪神九尾よ」

可愛いと言うわりには、華耶の悪神九尾を見る眼差《まなざ》しは愛《いと》おしそうではない。

「職業の力ではないな……」

これほどまでに大きな狐を召喚《しょうかん》する職業はない。エレノアの聖獣師《セイントフォース》の系統である召喚士が近いけれど、この大きさや威圧感からいって、エレノアの召喚する聖獣とは比べものにならないほど強力だと言える。

「あとでこの力のことを聞いていいか？」

エギルがそう聞くと、華耶は苦笑する。

「ええ、いいわよ。……私が話せたら、だけどね」

「話せたら？」

「……存分《ぞんぶん》に喰らってきなさい、悪神九尾！」

聞き返す間も与えず、華耶は悪神九尾を戦場に放った。

悪神九尾はエギルたちを飛び越えると颯爽《さっそう》と大平原を駆け抜け、次々と終の国の者たちをねじ伏せていく。その姿は化け物と称するのが相応《ふさわ》しいだろう。しかし。

「――ッ！」

「華耶、大丈夫か!?」

突如《とつじょ》、華耶は胸を押さえてしゃがみ込み、苦悶《くもん》の表情を浮かべた。

顕現した悪神九尾の力はたしかに強力だ。けれど、強い力というのは何かしら悪い部分があるもの。

エレノアの聖獣師でいえば、強力な聖獣であればあるほど、召喚者の魔力を吸い取り、使い過ぎると立ち眩《くら》みのような症状を引き起こす。今の華耶はエレノアの魔力切れに近い状態だ。召喚してすぐに立っていられなくなるのは、彼女の保有魔力が足りないのか、それとも、何か別の代償《だいしょう》によるものだろうか。

どちらにしろ、この状態が長く続くことは望ましくない。早急に切り上げなくてはいけない。

エギルは無数に展開した剣で終の国の者たちを一掃《いっそう》していく——が。

「……来た、みたいね」

「……来た」

華耶とフィーは同時に何者かの接近をエギルに伝える。

こちらへ真《ま》っ直《す》ぐ、周囲に目もくれず向かってくる二人の少女。

エギルは不気味だと思った。なぜならその二人は気味の悪い白塗りのお面で顔を隠しているからだった。

髪の短い少女のお面には太陽のマークが、胸元まで髪を伸ばした少女のお面には月のマークが刻《きざ》まれていて、華耶と同じような生地《きじ》の薄い衣を身につけている。

「なんだ、あいつら」

「あの二人は終の国側の連中で、私たちは太陽の少女と、月の少女って呼んでるわ——おそらく、エギルさんと同じフェゼーリスト大陸の者よ」

「俺たちと同じ？」

ということは冒険者なのだろう。であれば、雇《やと》い主がいるはず。そう思いながら足を踏み出すと、

「来るわ」

二人の少女はエギルを――いや、華耶に狙いを定めた。

「標的――」

「――見つけた」

感情を失った抑揚《よくよう》のない声を発して、二人の少女は、華耶との距離を一瞬で詰める。太陽の少女は細く長い刀《かたな》を振り上げ、月の少女は逆手《さかて》に持った二本の小刀《しょうとう》を華耶へと向ける。躊躇《ためら》いのない攻撃に、エギルは生成した剣で華耶を守ろうとし、フィーは拳《こぶし》を二人へ突き出そうとする――だが、

「二人とも、私から離れて！」

「なに!?」

「えっ？」

華耶が後ろへ下がるのを見て、エギルとフィーは動きを止める。

振り下ろされた太陽の少女の刀が地面に触れると、破裂音と共に地面が爆発し、周囲に土や草が飛び散る。

一方、月の少女が振り上げた二本の小刀。刀身《とうしん》には一筋の細いくぼみがあり、紫色の液体が

流れていた。

「あれは……」

「太陽の少女の持ってる刀は触れたモノを爆発させ、月の少女が持ってる小刀は肌《はだ》に触れたら即死する毒が塗られてるのよ……あれに近づいたら駄目」

おそらくは職業が付与《ふよ》した力だろう。だが、そんな力を有した職業をエギルは聞いたことがなかった。対象に爆発に近い衝撃を与える《爆裂士》と、あらゆる状態異常の効果を与える毒を扱う《薬士》が近いが、ここまで強力ではない。

──俺と同じSランク冒険者なのか？

エギルはそんな疑問を持ったが、太陽の少女は自分よりも重そうな刀を引きずり、月の少女はすぐには行動せず華耶の様子を窺《うかが》っている。

一撃で華耶を仕留《しと》められなかったということは、やはりSランク冒険者になりえる素質はないのだろう。

力はあるが使用者自身の戦闘経験は乏《とぼ》しい。

であれば、この力は一体なんなのか。

「エギル、どうする？」

フィーは華耶を庇《かば》うように二人の少女の前に立ち塞《ふさ》がりながら、離れた位置からじりじりと詰め寄ってきているエギルに問いかける。この二人の少女の雰囲気《ふんいき》は死人連中と似ているが、明らかに生きている人間の気配が感じられる。

「こいつらがいるから、華耶たち湖の都は苦戦してたのか?」

「ええ、そうよ。この二人を九尾が相手していたから苦戦してたの」

向こうでは九尾が暴れていて、戦況は覆《くつがえ》したようだが、もしエギルたちがいなければ、九尾は二人の少女につきっきりで、こうはなっていなかっただろう。

エギルはゆっくりと息を吐き、群がる死人に向けていた無数の剣を異空間にしまう。

「話は、できるか?」

二人の少女に問いかけるが、彼女らはエギルを無視して華耶に狙いを定める。

「まずはこっちを向いてもらおうか——無限剣舞」

「——っ!」

二人の周りに一気に大量の剣を生成する。

四方八方から剣先を向けられた二人は闇雲《やみくも》に、その奇妙な力を持った剣を叩き落とそうとするが、人間は全方向が見えるわけじゃない。

隙《すき》は必ずどこかに生まれ、体力にはいつか限界がくる。だからエギルは二人が疲れ果て、動けなくなるのを待ち続ける。

「壊しても壊してもキリがない」

「こちらの動きが鈍《にぶ》るのを待ってるのでしょう」

抑揚はないものの、頭を使い、ちゃんと考えているのがわかる。

「ああ、そうだ。子供を殺すのは気が引けるが、これが戦いだ。それを知っていて来たんだろ？」

対話ができると思い、剣の動きを止めると、華耶へ向けていた二人の視線がエギルを捉《とら》えた。

「この人、あれだ」

「おそらく、そうでしょうね」

「なに？」

「——レヴィアが言ってた奴《やつ》だ」

エギルは一瞬だが聞き間違いではないかと疑ってしまうくらい、突然その名前が出てきたことに驚いた。

クエスト《ゴレイアス砦《とりで》侵攻戦》の仲間殺しの犯人で、魔物を操《あやつ》るSランク冒険者にして闇《やみ》ギルド《終焉《しゅうえん》の パンドラ》のレヴィア。その彼女の知り合いであるならば、この二人も闇ギルドの人間と推測される。

「お前らは彼女の仲間——もしかして、闇ギルドの連中か？」

「お前のことはレヴィアから聞いてる」

「私たちと敵対する者——私たちの目的を阻《はば》もうとする者でしょう」

「否定しない、か……」

ということは、推測は当たっていたということか。

「目的はなんだ？　闇ギルドの連中はこの大陸までも支配しようというのか？」

「そんなのに興味はない」

「私たちの目的は、その女に刻まれた悪神九尾の力だけ」

「刻まれた？」

二人の少女が指差したのは華耶だった。

そして、華耶は二人の少女に質問する。

「……それは、あの傀儡師の命令でしょう」

「そうだよ。全てガイの命令」

「命令を遂行《すいこう》すれば、私たちの目的を叶《かな》えてくれるでしょう」

そう答えた二人の少女は背中を向け、

「今日は帰ろう」

「これ以上はこちらに不利です。そうしましょう」

二人の少女は立ち去ろうとする。エギルは右手を伸ばす。

「何を帰ろうとしてる。逃げられると思うのか？」

「思う。だって、アナタはアタシたちを追えないから」

「それも、レヴィアから聞いてますから」

「なに？」

「エギル！」

フィーの声を受け、エギルが振り返ると、華耶が倒れていた。

エギルは慌てて駆け寄る。呼吸が荒くて肌が青白い。貧血に似た症状だった。

「大丈夫か、華耶!?」

「エギル、さん……その二人を」

二人の少女を追うように差す指先は震えていた。

掠《かす》れた声がする。逃がさないで、追って。そう言っているようだったが、今の華耶を放置することはできない。

「またね」

「それでは、また会いましょう」

二人の少女はそのまま、立ち去っていく。剣を生成して足止めをしても、力を無駄に使うだけだろう。

何としても二人を止めるべきか。答えは考えるまでもない。

「大丈夫か、華耶」

抱きかかえた華耶は何か言いたげだが、すぐに申し訳なさそうにする。

「……ご、ごめんね、エギルさん……もう少し待てば、良くなるはずだから……いつも、そうだから……だから少しだけ、眠らせて……」

「おい華耶!? おい!」

エギルが呼んでも、華耶から返事はない。すると、白ウサギと黒猫を呼び戻したフィーは慌てることなくエギルに言う。

「……エギル、意識を失ってるだけだから大丈夫。だけど、急いで華耶を御殿にある九尾の社《やしろ》に連れて行ったほうがいい」

「九尾の、社……?」

「……説明は後でする。案内するから急いで」

フィーはそう言って走り出した。エギルは華耶を抱き上げ、フィーの後に続いた。

闇ギルドに所属してるであろう太陽と月のお面をつけた二人の少女。

その二人に命令を出しているガイという傀儡師の存在。

連中が狙ってるという悪神九尾の力。

そして突然、眠ってしまった華耶。

「どうなってんだよ、本当に」

たった一日で色々な出来事が起きて、その情報量を上手《うま》く整理することができない。エギルは華耶を抱きかかえ、九尾の社へと急ぐが、その案内をしているフィーがふと、足を止めた。

「フィー?」

「この人、たしか……」

フィーの視線は、動かなくなった終の国の死人兵に向いていた。その表情は、ようやく人間として最期《さいご》を迎えられたと、少し安心しているようだった。

その死人を見て、フィーは固まっていた。

どこか、いつものフィーとは違う、なにか――。

「……なんでもない。ついて来て」

だが、フィーは再び走りだす。エギルはフィーの考えに気づけぬまま、九尾の社と呼ばれる場所へと向かうのだった。

◆

――華耶の人生は、幼《おさな》い頃から既《すで》に決められていた。

御殿の最奥《さいおう》、篝火《かがりび》に囲まれた九尾の社で、彼女は生まれた。

周囲の大人たちは赤ん坊だった華耶に頭を下げ、口々にこう告げた。

――悪神九尾の依《よ》り代《しろ》様がお生まれになった、と。

華耶の狐のような大きな耳と尻尾は悪神九尾の依り代として生まれたことを意味していた。

大きな耳。大きな尻尾。そして、自分の中に化け物が住んでいること。

華耶は幼い時、自分がみんなとは違うことを知った。

大人たちは、そんな彼女に力の使い方を――悪神九尾を召喚する方法を教えた。

そのことを華耶は一切疑問に思わなかった。それが普通だと、そう思ったから。けれど一つだけ、疑問に思っていたことがある。それは、彼女には両親がいないことだった。

父親は彼女が生まれる前に亡くなり、母親は彼女が生まれると同時に亡くなった。その理由を聞いても、誰も教えてくれない。

そんなある日、彼女は湖の都の者たちが隠していた、悪神九尾についての伝承《でんしょう》を聞いてしまった。

悪神九尾は自《みずか》らを召喚した代償として、この世に顕現させた時間の分だけ継承者《けいしょうしゃ》の血を奪うという。

それが、悪神九尾を継承した女性の運命。

しかし、多くの血を求められる九尾の召喚を継承者一人が負うのは不可能に等しく、契約者――つまり、継承者の夫か最初に継承者に血を分け与えた者の協力が必要になる。

華耶が悪神九尾を初めて召喚したのは、彼女が七歳の誕生日を迎えてすぐだった。

華耶はそれを見事に成功させた。巨大な九本の尾をもつ狐が華耶を新たな主《あるじ》と認め、周囲の者たちは喜んだ。これで湖の都は守られると。

けれど、華耶の体には数分と経《た》たずして異変が生じた。

全身が凍えるような寒さに包まれ、立っていられない。そして周囲の者たちの血が異常なほど——美味《おい》しそうに思えてしまう。

人間の体内に流れる血液を、華耶は無自覚に求め始める。そして、幼い彼女はその抗《あらが》いきれない欲求を抑えられなくなり、周囲の者に助けを請《こ》うた。

——血をちょうだい、と。

その言葉を聞いた住民たちは皆、青ざめ、華耶と距離を取るようになってしまった。その時の住民の怯《おび》えたような目を、華耶は大人になった今でも忘れることができない。化け物でも見るような、あの目を。

その時に知った。誰も自分を救ってくれないのだと。

なぜ自分には両親がいないのか、その理由を、華耶は十歳を過ぎて初めて聞かされた。

先代の継承者であった母親は、契約者となった父親の血を吸い続け、力を使っていった。けれどそれは、彼女の苦しみを一時的に緩和《かんわ》するだけだった。血を吸われ続けた父親の身体《からだ》には限界が訪れた。だが、継承者の身体は、契約者の血で満たされており、我慢《がまん》することができなくなってしまっている。

彼女は華耶の父親に血を求め続け——遂《つい》には死に至らしめてしまった。

それから先に待っていたのは地獄だった。

いくら血を求めても、必ず与えてくれる唯一《ゆいいつ》の存在であった契約者はもうこの世にいない。

あるのは全身を襲う苦しみのみ。その頃には皆、彼女を恐れ、新たに契約してくれる者などいなくなっていた。そして華耶の母親は彼女を産んで亡くなってしまった。

悪神九尾を継承した女性は一度契約者の血を口に含むと、永遠に吸血衝動に駆られる運命となる。そして、契約者から初めて血を捧げてもらったその日から、その血以外は身体が受けつけなくなり、相手が死ぬまで血を吸い取ってしまう。

——そんな悪神九尾を継承した者がたどる道を回避する唯一の方策は、誰とも契約しないことだった。

誰の血も受け入れず、一人でこの苦しみを背負うこと。そうすれば強い吸血衝動に襲われても堪《た》えることはできる。この力を後世に継承することができなくとも、誰にも苦しみを与えずに、この力を使い続けることができる。

だから華耶は、両親の死の理由を聞いた日から、一人でこの苦しみを背負う覚悟を決めた。

「——それが、華耶が一人で背負ってきた宿命なんだよ」

御殿の最奥にある九尾の社と呼ばれる神事を行う広間に通されたエギル。そこには社が築かれており、部屋の壁には奇妙な白い毛並みの九尾の絵が描かれている。

エギルは、苦しみに堪える華耶を寝かせ、フィーから説明を受けていた。

「……そうか」

素《そ》っ気《け》ない返事。何を言えばいいのか、当事者ではないエギルには言葉が見つからなかった。

フィーもエギルに慰《なぐさ》めの言葉など求めてはいないだろう。

「周りの連中は、死ぬのが怖くて契約しなかったってことか？」

「聞いた話ではね。身勝手だと思った？」

「……」

言おうかどうか迷っていた感想を、フィーは的確に衝《つ》いてくる。

「そうだな。湖の都を、自分たちを守ってほしい。だけど、その生贄《いけにえ》にはなりたくない。身勝手だとは思う」

生贄という言葉を使っていいのかどうかわからないが、そう例《たと》えるのが相応しく、住民たちも同じように感じているだろう。

「華耶が誰とも契約しなかったのは、他の人に自分と同じ苦しみを味わわせたくないと思ったからか？」

「たぶん。華耶は昔から優しかったから。だけど……もしかしたら、本当は自分を救ってくれる誰かを、待ってたのかも。断言はできないけどね。ただ、誰かに救ってほしかったのは事実だと思うよ。口にするのを、わたしは耳にしたことないけど」

華耶の頭を撫《な》でるフィーからは、彼女の身を心配しているのが伝わる。

「ここへ俺を連れて来たのも、華耶を救うためか？」

知っていてここへ連れて来たのだから、そう捉えるのが正しいだろう。

「……わからない」

そう答えたフィーだったが、すぐに首を振る。

「……ううん、やっぱりわかってた。そう、その通りだと思う。エギルが、もしかしたら華耶を救ってくれるかもしれないって。エレノアたちみたいに、救ってくれるかもしれないって。華耶はわたしを救ってくれた恩人で家族で、大切な人。わたしは終の国の人間だから、心配することしかできなかった。だから……」

フィーはエギルをじっと見つめ、頭を下げた。

「……華耶を、救ってください。華耶を、助けて……」

エギルは即答できなかった。

王国に移住してくれる人を求めてこの大陸に渡ってきた。困っている人がいたら救いたいとも思っている。その気持ちは今も変わらない。しかし、エギルには今、守らなければいけない存在がいる。その者たちのためにも、これから先も、ずっとずっと、自分は生きていかなければいけない。もしも自分が契約者となってしまったら、死ぬ可能性もある。自分がいなくなってしまったら、誰も彼女たちを救ってくれる者がいない。

自分を信じてついて来てくれた冒険者の仲間たち。

自分を好いて共に歩んでくれる大切な彼女たち。

エギルは大勢の者たちを背負っている。これからもその数は増えていくだろう。それは王となるのだから当然だ。

だから中途半端な気持ちで華耶へ手を差し伸べることは許されない。

——そう、エギルは考えた。

けれど、今も苦しみに顔を歪《ゆが》める華耶を見て、それでもなんとか手を差し伸べたいと思う自分がいた。

「……フィー、すまないが、華耶と二人にしてもらっていいか？」

「わかった。ごめん、無理なお願いして」

「いや、気にするな。それに、決めるのは俺じゃない」

ずっと誰にも自分と同じような苦しみを背負わせたくないと思っていた華耶が、はたして会って間もないエギルが差し出した手を握るかどうかわからないのだから。

「それと、エレノアと話したい。エリザベスを借りていいか？」

「……うん、わかった。——エレノア」

白ウサギのエリザベスに声をかけると、すぐにエレノアの声が返ってきた。

そして、エギルは白ウサギ——エレノアへ、これまでのことを語った。ここに華耶という女性がいて、彼女がどういう状況なのかも含めて。

『……エギル様は、その方を助けたいのですか？』

「ああ、助けたい。ただ俺には、エレノアたちがいる。危険なことはできないという自覚もある」

『そう、ですね……ただ、わたくしはエギル様ではありません。なのでご自身のお身体が危険になるのであれば、強制するようなことを言いたくありません』

それでも、とエレノアは言葉を続けた。

『エギル様が救いたいと思ったなら、そうするのが良いと思います。もしもわたくしたちに気を遣《つか》ってくださってるのであれば、それは不要なことですよ』

「エレノア……」

『それに、誰にでもお優しいエギル様だからこそ、わたくしたちは好きになったのです。その方を救いたいと思っているのであれば、そうしてあげてください。わたくしたちにしてくれたように、手を差し伸べてあげてください。わたくしたちは、血がみなぎる料理をエギル様に作りますから』

向こうでエレノアがクスッと笑ったように感じた。彼女は、エギルが聞く前から答えがわかっていたのだろう。背中を押してほしい、ということも見抜いていたのだろう。

そう感じ、エギルは笑ってしまった。

「エレノアには何でもお見通しか」

『はい、あなたの妻ですから』

「そうだな。それじゃあ、自分の気持ちに正直にいくよ」

『はい、それがよろしいかと。それに……』

エレノアはしばし間《ま》を置いてから、フフッと不気味な笑い方をした。

『……血を吸う女性というのは興奮《こうふん》しますからね。エギル様が血を吸われながら、わたくしとエ――』

「エレノア、また連絡する。それじゃあな」

『エギル様!?　ちょっとエギル様!?』

白ウサギをフィーのもとへ走らせると、エレノアの声が遠くなっていく。

笑わせようとしての言葉なのか、素《す》で楽しみにしてるのか。おそらくどちらともだろう。

エギルはそう考えるとまた笑えてきて、少しだけ気持ちが軽くなった。

「……ん、エギル、さん？」

華耶が目覚めたのは、フィーが部屋を出てから二時間後だった。

湖の都の住民たちも寝静まり、御殿の下で波打つ湖の音しか聞こえない。

「目が覚めたか。まだ、体調は良くないか？」

エギルは部屋の窓から外を眺《なが》める。綺麗《きれい》な満月が、暗くなった部屋に青白い明かりをもたらしている。

「……そう、ね。まだ動くのが辛《つら》いわ」

「まだ寝てていいぞ」

「ありがとう。そういえば、終の国との戦いはどうなったの？　みんなは大丈夫だった？」

目を覚まして開口一番《かいこういちばん》に住民の心配。

本来なら自分の身体を一番に考えるべきところで、他人《ひと》のことを心配できるほど体調も良くないはずなのに。

エギルはそう思いながらも、安心させるように笑顔を向けた。

「ああ、終わったよ。まあ、痛手を負ったとは言ってたがな」

「そ、そう……そうよね。私が気を失って、戦力も減ってしまったものね」

「華耶のその反応は、素なのか？」

「えっ、どういう意味？」

驚いたように聞き返す華耶にエギルは尋《たず》ねる。

「そのままの意味だ。華耶は、自分よりも他人を大切にする。それは心の底から思っていることなのか、それとも使命感なのか、どっちなんだ？」

「……言ってる意味がわからないわ」

「そうか。じゃあ、聞かせてくれ。華耶は本当に、ここの連中を助けたいのか？」

「当たり前――ッ！」

勢いよく立ち上がろうとするが、すぐに膝《ひざ》を床についてしまう。華耶の息が荒くなっていた。

「当たり前よ……私は、この湖の都の長なんだから」

「……誰も、華耶を救ってくれないのにか？」

そう問いかけると、華耶は俯き、沈黙が生まれる。

エギルが疑問に思ったのは、どうしてここまで、彼女に辛い思いを強《し》いる連中を助けるのか。誰も手を差し伸べてはくれないのだから、逃げ出したいと思って当然ではないか。だから少しだけ、素っ気ない聞き方をしてしまったのだった。

そして、華耶は「そう」と声を漏らした。

「……全部、フィーちゃんから聞いたの？」

「ああ。すまない」

「本当にすまないと思ってる？」

華耶はクスッと笑みを浮かべた。だからエギルも、笑みを浮かべる。

「いや、思ってないかもな。華耶は聞いても教えてくれなかっただろうから、フィーからちゃんと聞けて良かったと思ってる。それに――」

「それに？」

「フィーが俺に頼んできたんだ。華耶を救って、ってな。フィーが本気で頼んでくるのなんて初めてだから、少し嬉しく思ってる」

「フィーちゃんが……」

「それで、どうなんだ？　華耶はどうしてこの都を、住民を救おうとするんだ？」

「そうね……」

華耶は上半身を起こして、満月を眺める。

「……頼ってくれたから、かしらね？」

「頼ってくれたから？」

「ええ、そうよ。あなたもそうじゃない？　誰かに頼られると、凄《すご》く嬉しくならない？　自分が必要とされてるんだって」

「まあ、そうかもな。だが、本当にそれだけの理由なのか？」

「それだけよ。私の存在意義は、それだけ……」

そう言い切った華耶の表情が寂《さび》しそうに見えた。それはどこか、フェゼーリスト大陸で帰りを待ってくれてるエレノアたちの、最初に出会った頃の表情に似ていた。

「そうか……」

エギルは華耶を前にして胡座《あぐら》をかく。

「俺も頼られるのは好きだ。だけどそれ以上に、好きなことがあるみたいだ」

「好きなこと？」

「誰かを救いたい。俺が救われたように、誰かを……幸せにしたいんだ」

偽善《ぎぜん》かもしれないが、エギルは困っている人がいればどうしても救いたいという強い気持ちがあった。これまで救ってきた彼女たちのように、自分は、自分だけは、誰も手を差し伸べる者のいない人を救い、側《そば》にいたいと思ってしまうのだ。

もしかしたら根っからの偽善者なのかもしれない。だけどそう思われても、エギルはこの生き方を変えられない。変えたくはない。

華耶は目を見開いて驚いていたが、すぐに顔を伏せる。

「エギルさん、酔ってたりする？」

「そんなわけないだろ。俺はいたって普通だ」

「……そう、それが素なのね。困ってる人を見捨てられない性格……ううん、その優しいところが、エギルさんそのものなのね」

華耶は何か考えこむように俯く。二人の間に沈黙が生まれる中、エギルは手に持っていた小刀で指先を斬《き》って見せた。

「これが俺だ。だけど、華耶だからそうしたいと思ったんだ。誰も手を差し伸べてくれないなら、俺が手を差し伸べる。俺と契約、しないか？」

綺麗な赤い血がエギルの指先からツーっと垂《た》れる。

「そ、それって……」

ゴクッと、華耶が喉《のど》を鳴らす音がはっきりと聞こえた。華耶はエギルの指先から目が離せなくなっている。

「エギルさん……フィーちゃんから、契約したら私がどうなるか話を聞いてるのよね？」

「ああ、聞いた」

「じゃあ、もし私がエギルさんと契約したら、ずっと離れられなくなることも知ってるわよね!?」

「それでもいいと、俺は思ってる」

エギルは真っ直ぐ華耶を見つめる。ここで目を逸《そ》らせば、おそらく彼女はエギルを一生受け入れないだろう。

「誰も華耶を支えてくれないなら、俺が側で支える。その悪神九尾の力だって、使わなくていいように華耶を守る。だからもう、一人で抱え込まないでくれ。苦しみを一人で背負わないでくれ。俺に華耶の人生を預けてほしい」

自分でも何を伝えたいのかわからない。それはそうだ。エギルは口が上手《うま》いわけではないし、女性の口説き方を熟知しているわけでもない。

だからこそ、思ったことをそのまま口にした。辛い顔をしないでくれ。一人で苦しまないでくれ。誰にも頼れないのなら、自分を頼ってくれ。口下手《くちべた》なエギルの、華耶を救いたいという気持ちから出た、精一杯《せいいっぱい》の言葉だった。

「本気、なの……？」

「ああ」

「私は誰の血も飲んだことがないから、自分の身体が、心が、どうなるかわからないのよ？」

「それでもいい」

「もしかしたら、エギルさんの血を全て吸い尽くしちゃうかもしれないのよ？」

いつしか涙が零《こぼ》れ落ちている華耶に、エギルは最大限の笑顔を向けた。

「俺は死なない。俺は拒まない。それに……きっと華耶の父親も、華耶の母親が好きだったから、そうしたいと思ったんじゃないかな」

でなければ、死ぬかもしれないこの役目を引き受けないだろう。好きだから、大切だから、そうなっても構わないと思い、契約したのではないか。

「俺も華耶の側で力になりたいんだよ。……契約、してくれるか？」

エギルは華耶の涙を拭《ぬぐ》い、血の滴《したた》る自分の指先を彼女の唇《くちびる》の前へ持っていく。

「もう……エギルさんは、お人好《ひとよ》しね」

「よく言われる。それが、俺の誇れるところだ」

華耶は満面の笑みを浮かべ、

「ありがとう、エギルさん。私を……救ってくれて」

指先にキスをした。

すると、華耶の唇がじんわりと鮮血に染まっていき、頬《ほお》が赤く染まり、体中が熱を帯び始める。その血を体内へと流す華耶は、微かに吐息《といき》を漏らす。

「ん……ちゅ、ちゅう、ぷはぁ……ああ」

吐息に混ざるのは喘《あえ》ぎ声にも似た、感情を昂《たか》ぶらせた声。

控《ひか》えめに血を味わっていた華耶は少しずつ大胆《だいたん》になっていき、指の根本まで口内へと誘う。

「華耶……」

全身の血が少しずつ吸いだされる感じがして、エギルの頭が揺れた。だが、華耶が不安に思わないよう堪《こら》える。華耶は我慢などせずに血を吸いだしていく。

彼女はもっと欲しいと言わんばかりに指に舌《した》を絡《から》め、ずっと欲していた男の血を求める。

「……ん……ちゅ、ん……ぷはっ」

満足するまで血を吸いだしたのか、華耶は唇を指先から離すと、ボーっとしたままエギルを見てるが、どこか焦点《しょうてん》が合っていないような感じだ。

「華耶、大丈夫か?」

「大丈夫よ。すっごく、身体が熱いわ」

服がはだけ、首筋や胸の谷間には玉のような汗《あせ》が浮きあがっている。

血を吸ったことが原因なのだろうか。エギルはそう思い、華耶を横にしようと肩に手を伸ばす。

「ん、はぁ……!」

指先が触れただけだというのに、華耶は感じたように声を漏らす。

「華耶……？」

そのまま後ろへ倒れた華耶は、熱さからだろうか、自ら帯を緩め、服の前を更に開いた。

「エギル、さん……私の身体、すごく熱い……ねえ、わかる？」

苦しげだけど先程のような感じではなく、どこか誘っているような、淫《みだ》らな雰囲気がした。

それに、汗の匂《にお》いと共に、若干《じゃっかん》だが発情した女の匂いが感じられる。

「華耶、それも血を吸ったからなのか？」

「……話には、聞いてたの。契約者の血を飲むと、全身が熱くなって、発情するって。だけど、今まで意味がわからなくて……」

胸元が開き、豊満な乳房が露《あらわ》になっている。

太腿《ふともも》を擦《こす》り合わせる度《たび》にする匂いと、物欲しげに見つめてくる華耶の視線に、エギルは思わず唾《つば》を飲み、華耶を女として意識せずにはいられなくなった。

そして、華耶は両手をエギルへと伸ばす。

「エギルさん……血だけじゃ満足できないみたいなの。どんどん体中が疼《うず》いて、苦しいの……エギルさん」

弱々しい瞳《ひとみ》でそう訴えられ、堪えられるわけがなかった。

エギルは華耶の身体に覆《おお》い被《かぶ》さると、呼吸を荒くさせた彼女に聞く。

「いいんだな、本当に」

すると華耶は、こくりと頷く。

「これが本当の契約だと思うの。エギルさんと、心も体も結ばれる……だから、来て？」

目蓋を閉じた華耶を見て、エギルは唇を重ねる。

若干の血の匂いがするが、エギルの唇をついばむようにキスし始めた華耶を拒む気持ちは生まれず、熱を帯びた全身を、エギルは撫でまわす。

「ん、ぁあ……エギル、さんっ」

もう止まれないし、止まらない。

再びエギルから唇を奪い、舌を絡ませる。

それまでエギルの腰に当てられていた華耶の両手は、エギルを求めて服を脱がしていく。

「エギルさん、脱いで……私の肌……直接、感じて」

上半身裸《はだか》になったエギルの胸元に、華耶の手が触れる。

風邪を引いてるのではと疑ってしまうほどに、彼女の手は異常なほど熱を持っていて、それは細い腕も、首筋も、エギルと触れ合わせている部分全てから感じられた。

「こんなに熱く……華耶、具合は悪くないんだよな？」

「大丈夫よ……ただ、熱いだけ……私の体温、伝わった？」

エギルが頷くと、華耶は嬉しそうに笑う。

「だけどね……こっち、もっと熱いのよ」

華耶はそう言って、エギルの手を自らの乳房へと誘導する。

火傷《やけど》しそうなほどの熱が、揉《も》みしだき形を変えた柔らかで大きな乳房から感じられる。

そして、上半身を起こした華耶からは、温かい吐息と、快感を滲《にじ》ませた声が漏れ出る。

「あ、んっ……初めて、男の人に触られちゃった……」

「柔らかくて、熱くて、乳首も硬《かた》くなってる」

指先でコリッとした突起物を撫でると、華耶の腰がビクッと反応する。

「は、ああっ……それ、変な……ふあっ！」

漏れ出る声は快感を覚えているのだと思い、エギルは安心した。

喜んでいるのだと、自分を受け入れてくれたのだと。だからキスをしながら、華耶の広げた太腿の間に入り込む。

「何もつけてないんだな」

帯は緩めてあったので、衣は腰より少し下まですするりと落ちる。華耶は下着を一切身につけておらず、目の前に広がるのは、綺麗な白い双丘《そうきゅう》と淡い桃色の乳輪《にゅうりん》に、突起した乳首。

彼女の美しい体を見つめていると、華耶は色っぽい笑みを浮かべて顔を近づけてくる。

「だって、いつもは硬くならないんだもの……それより、エギルさん……視線、いやらしくなってるわよ？」

「そうなるに決まってるだろ。こんな綺麗な身体が目の前にあったら」

「ふふっ、良かった……それじゃあ」

華耶はそのままエギルを迎える。

「きて…もう、身体が疼いて、苦しいの……お願い」

肌が擦れる音を鳴らしながら、脱ぎ去られる衣。華耶の白肌は満月の明かりに照らされ、全身に滲み出ている汗が輝き、その魅力的な姿に心が奪われる。

そして、エギルは彼女の全身で最も濡《ぬ》れた部分へと、導かれるように手を伸ばす。

「もう濡れてるんだな」

指先を割れ目に這《は》わせると、華耶の全身は大きく震えだす。

「……ええ、そう、よっ……もう、こんなになってるの……エギルさんの血が、言葉が、温《ぬく》もりが……そうさせたの……だから責任、とって、ねっ」

既にエギルの肉棒は華耶の裸体《らたい》を直視した時から硬く、彼女の身体に引けを取らないほどの熱を帯びていた。

自ら肉棒を取り出すと、華耶に見せるように、その硬直したものを膣口《ちつこう》の入り口へ触れさせる。そして、華耶の視線がそれに釘付《くぎづ》けになってるのを見て、エギルは笑う。

「……華耶の視線、いやらしくなってるぞ。人のことは言えないな」

すると、華耶は恥《は》ずかしさで目を背《そむ》けたりせず、はっきりと答えた。

「ええ、目を逸《そ》らせないわ。だって、初めて見る……愛した男のアソコなんだから」

「このまま挿《い》れる瞬間も、見ているつもりか？」

「見たいわ。初めてを捧げる瞬間を……繋《つな》がる瞬間を、見せて？」

「挿れるぞ」

エギルは頷き、華耶の身体を起こすと、彼女の唇が彼の耳元に触れる距離になる。

「エギルさん……挿れて？」

その男を興奮させる声に、肉棒が大きく跳《は》ねる。

すると、華耶はクスッと笑みを浮かべた。

「ふふっ、もう……挿れるとこはそこじゃないわよ？」

「わかってる。ただ興奮しただけだ」

「あら、興奮させられて嬉しいわ。じゃあ、今度は膣内で……一緒に興奮しましょ」

どちらが主導権を握っているか、どちらが慣れているか。そう聞かれれば、間違いなく華耶ということになるだろう。落ち着いた雰囲気がする。けれどそれは、肉棒の先端が、膣口へと吸い込まれるまでだった。

愛液が溢《あふ》れだした膣口と、屹立《きつりつ》した肉棒が一つになる瞬間を、二人は見つめた。

不思議な気分だが、こういう、繋がる瞬間を互いに見守るのも悪くないなとエギルは思った。

「ん、ああっ……挿っ、て……んんっ!?」

淫らな口のように開いた膣口は亀頭《きとう》を呑み込み、そのままゆっくりと竿《さお》までも呑み込んでいく。

先程まで笑みをこぼしていた華耶は、肉棒が挿入される膣内の快感を受け、とろんと目蓋を閉じていった。

初めての証《あかし》が愛液と共に流れ出てくるのを見て、痛みを感じさせないよう、エギルは緩やかに最奥まで肉棒を突き挿れた。

「あっ、ダメっ、待っ、てぇ……っ！」

「このまま奥までっ！」

亀頭がヌルッと潜り込んだ時、処女膜が丸く押し上がるのがわかった。キツイとも思ったが、スムーズに奥まで進ませるに充分な潤滑油《じゅんかつゆ》が溢れ出ており、挿入《そうにゅう》は簡単だった。

「入ったぞ……華耶？」

華耶は痙攣《けいれん》するように二、三度全身を微かに震わせ、固まっていた。そして、蕩《とろ》けたような瞳でエギルを見つめ、口元は半開きになっていた。

「痛かったか？　すまない、一気に挿れて馴染《なじ》ませようと」

「痛い……？　どこが？」

「え、痛くないのか？」

少ない経験から、エギルはそう思っていた。だが華耶は、エギルの唇にキスをして。

「気持ち、良かったから……だから、待ってって……言ったの」

激しく舌を絡めながら華耶は目蓋を閉じる。その表情は苦痛に歪んだものではなく、快感を味わっている笑みだとすぐにわかった。

「じゃあ、動いていいか？」

「きてっ……もっと、エギルさんのを、感じさせて……」

エギルは華耶の細腰《ほそごし》を押さえて腰を振る。

肉棒を挿入して感じたのは、華耶の膣内が、異常なほど熱を帯びていたことだろう。

肌を触れ合わせていただけでも熱かったのに、膣内はそれ以上だ。何か生暖かい液体が肉棒に絡みつき、動けば動くほど、快感が倍増する。

「ぐっ、はあ……華耶、気持ちいいぞ……」

声を漏らさないと全身が溶かされてしまうほどの快感。華耶も甲高《かんだか》い声を漏らした。

「あっ、あっ、はあぁぁ……私も、気持ち、いいっ……エギルさんのアソコが動いて……っあ！」

膣内に満たされた淫蜜《いんみつ》は、肉棒が出し入れされるたびに、そのカリ部分に掻《か》き出され、床には漏れ出た水たまりが生まれる。

窓から涼しい風が吹き込んでいるのに、体温がどんどん上昇していき、いつしか、二人の身体には大量の汗の玉ができていた。

静かな九尾の社内に、エギルと華耶が互いを求める荒い息遣《いきづか》いが響く。

「こんなとこでして、罰《ばち》は当たらないのか……？」

「……んっ、ぁあ……えっ、どういう」

ふと冷静になって言葉が出た。ここは九尾にとっては神聖な場所であり、華耶が生まれた場所でもある。そんなところで二人は互いに互いの肉体を求め、欲望のままに快感を味わっている。

「ふふっ……」

今まで何も感じなかったが、いざ言葉に出すと、九尾の視線を感じなくもない。だが、華耶もエギルが言わんとしたことを理解したのだろう。淫靡《いんび》な笑みを浮かべた彼女は真っ直ぐにエギルを見つめる。

「誰かの視線、感じた……？」

「いや、どうかな」

「大丈夫よ……。それに」

華耶は周囲を気にするエギルを誘惑するように、自らの乳房を下から撫で上げてみせる。

「私たちがしてることも……神聖なこと、でしょ？　エギルさんが私を求めて、私がエギルさんを求める……男女の、当然のこと……だから何も気にしないで……今は、私だけを見て？」

そう言われ、エギルは誘惑に負けたように腰を激しく前後させる。

「んっ、はあっ……エギル、さんっ……急に、激しくなって……っ！」

「ああ、興奮してるからな。華耶の言葉にも、表情にも、この場所ですることも」

神聖な場所で欲望を剝き出しにしてすることにエギルは背徳感《はいとく》を覚える。それと同時に、華耶が重い宿命を背負ったこの場所で自分が初めて幸せな気分を味わわせられることも、エギルにとっては幸せなことだった。

華耶もまた、エギルの肉棒が下腹部の中で激しく動く感触を受け、幸せそうに頷く。そして更に求めてくる。

「わ、私も……興奮、してるのっ……ここで、この神聖な場所で、エギルさんの女にさせられるの、気持ちよくて、温かくて、もっと……もっと、きてほしい……こうされると、安心するのっ！」

手を繫ぐと、抱きしめ合うと、キスをすると、身体が繫がっていると、安心する。

それはエギルも同じだ。華耶の膣内に一心不乱に肉棒を突き入れ、自分が与える快感で彼女が気持ちよくなっている姿は、何かを共有しているような、一体感が生まれて、不思議と安心してくる。

「ああ、俺も安心する。もっと、華耶とこの快感を共有したいって、身体が止まらないんだ」

熱さに溶けそうになっても、快感に酔いしれても、華耶を見てるともっとしたくなってくる。

「あっ、ああっ、んん……う、うんっ！　私もっ……私ももっと、エギルさんを感じたい。キス、したい……っ！　してっ！」
華耶に両手を伸ばして抱き寄せられ、エギルは彼女に口づけする。

舌を絡ませると、吐息が温かく、気分はいっそう高揚していく。

そして、エギルの我慢は限界に達した。

「華耶、出る！」

「ん、あっ、出るって……？」

「――ッ！」

エギルは膣内から肉棒を抜くと、白濁《はくだく》した精液は勢いよく華耶の身体へと飛び散った。

「あ、ああ……これ、精液……よね？」

指先で拭《ふ》き取った精液を華耶は不思議そうに見つめる。

「すまない、我慢できなくて」

「気持ちよくなったら、男性は射精するって聞いたことがあるわ……これが、精液なのね」

興味深そうに指に付着した精液を見つめていた華耶は、舌を出して舐《な》めた。

「華耶!?」

「れろっ……ちゅ……なんだか、濃い味……それに、頭がクラクラしてきて……」

華耶の表情は、エギルの血を飲んだ時のようなボーっとした雰囲気があった。

「大丈夫か、華耶」

声をかけてもすぐには反応がなかった。だが、指に付いた精液を全部舐め取ると、

「……もっと」

そう呟いた華耶は起き上がり、今度は大量に自分の身体に吐き出された精液を舐め取っていく。

三角形の耳が何度もお辞儀《じぎ》し、大きな尻尾は左右に勢いよく揺れる。

どういう状況なのかと思って見つめていると、華耶の視線は肉棒へと向き、

「もっと精液……ほしいの」

四つん這《ば》いになり、こちらへと歩み寄ってくる華耶は、そのまま肉棒に舌を這わせる。

「ちゅ、れろっ……これ、美味しい……身体、おかしくなっちゃう」

華耶の初めての証である血と愛液と精液がべっとり付着した肉棒を、根本から亀頭まで、味わうように舐める。

「華耶、どうしたんだ？」

「ん、ちゅ……」

そして綺麗に舐め取ると、華耶はエギルの上に跨《また》がる。

「……悪神九尾を宿した女性は、契約した男性の、血や体液……精液で、その全てで満たされるの……そう、聞いたの……だから、もっと、欲しくなっちゃったの」

エギルが驚いてるのを察したのか、華耶は申し訳なさそうに告げた。

だが、身体が勝手に反応してしまっているのか。腰を前後に揺らし、先程の快感を忘れられなくなったように、自ら膣口を擦り合わせる。

「……ごめん、ねっ……ごめんねっ……だけど、止まらないの。欲しくて、腰が勝手に動いちゃうのっ！」

肉棒を挿れてほしそうだが、何かと葛藤《かっとう》してるようで、陰唇《いんしん》の部分に沿わせるような動きを続けるだけだった。

「やめないとっ、ダメ、なのに……じゃないと、エギルさんの精液……全部、吸い取っちゃういそう、なのに」

止まらない。そう言いたげに腰を前後に揺らす。

欲するのは相手の血だけではなく、精液もということなのだ。いつ満足するのかはわからない。もしかしたら、男が倒れるまで搾《しぼ》り取ってしまうのかもしれない。そう考えると一瞬怯《ひる》みそうになるが、エギルは笑顔を向けて、華耶の頭を撫でた。

「我慢しなくていいんだ、華耶」

「でもっ……」

ヌチャヌチャと音を鳴らして擦られ、エギルの肉棒が再び熱くなる。

エギルは華耶の汗ばんだ細腰を浮かせると、熱を帯びた膣口へ下から肉棒を当て、

「俺は死なない。華耶が望むならいくらでも搾り取っていい。むしろ、華耶が求めてくれるの

が嬉しいんだ」

そのまま一気に、華耶の膣内へ肉棒を突き挿れる。

「ん、あぁぁ！　エギル、さんっ……！」

「もっと欲しいなら言葉にしろ。俺は、華耶の全てを受け入れるって決めたんだ！」

細腰を抱きしめながら、華耶の身体を上下に動かす。

フサッと尻尾が舞い、申し訳なさそうにしていた華耶の表情は、次第に嬉しそうになる。

「あ、ああっ……エギル、さんっ……ありがとっ……こんな私を、受け入れてくれてっ！」

膝でバランスを取った華耶は、エギルの動きに合わせて腰を動かす。

膣内は先程と同じように熱く、肉棒全体を溶かすような感触で包み込んでくるが、それでも、一度の射精だけでは、すぐに果てることはなかった。

「もっと華耶を気持ちよくさせるからな」

この時間に引け目を感じてほしくない。できれば、自分とのセックスで気持ちよくなって、何も考えられなくなるくらい乱れてほしい。じゃないと、これっきりになってしまう。困らせるからと負い目を感じて、また一人で苦しみに堪えるようなことにはならないでほしい。

だからエギルは、一回目のように快感に酔って腰を激しく振るのではなく、ちゃんと、華耶の感じる部分を責めていく。

浅い部分をカリ首で刺激したり。奥にある子宮口を何度も突いたり。様々な部分を責めて、ちゃんと感じさせる。

「あ、そこっ……あっ、あっ、んん……っ！」

「ここが気持ちいいのか？」

華耶の下腹部の辺りを亀頭で擦るように突き動かす。ここを責めると、華耶は浮かした太腿を震わせる。三角形の耳がぴくぴくと動き、垂れていた尻尾は電流に打たれたように大きく浮き上がる。

「うんっ、そこっ……気持ちいいっ……全身が痺《しび》れて、いい、すごく気持ちいいのっ！」

呼吸を荒くさせた華耶の反応を見ながら、そこを重点的に責めていく。

「ふう、はあっ、華耶……俺とするの、好きか？」

「う、うんっ！」

「俺も好きだ。華耶が気持ちよくなってくれるのも、華耶が俺を求めてくれるのも好きだ。だからこれからも、欲しくなったら言え。我慢するな。俺は絶対に華耶から離れないから！」

気持ちも快感も高ぶっていき、お互いに息が荒くなっていく。

「は、はあ、んっ、エギル、さんは……辛く、ないっ？」

「当たり前だ。だからもっとしよう。いいな!?」

一段と腰の動きを激しくしていくと、華耶は何度も頷いた。

「うれ、しっ……し、したいっ……エギルさんと、こうやって、求め合いたいっ……気持ちよくてっ、安心するからっ、もっと、いっぱい……はああんっ！」

ビクビクと太腿を痙攣させ始めた華耶を見て、エギルは最後の責めをみせる。

「また出すぞ！　口に出した方が、いいか!?」

精液を口にすることで満たされるのであれば、そうするべきだろう。だが、額《ひたい》から垂れる汗を振り飛ばすように首を振った華耶は、自らも腰を動かす。

「この、まま……このまま、膣内が、いいっ……温かいの、膣内で満たしたいのっ！」

おそらく口にした方がいいとわかっていながら、中出しを求められ、エギルは嬉しく思うと共に、それを欲してくれた華耶を満足させようと、絶頂を味わわせようと腰を振る。膣肉を抉り、乳房を揉みしだき、射精する限界まで堪える。

「は、ああ、うあっ……エギルさんの、急に、大きくなってるっ！」

「華耶、出すぞ！」

「だ、だして……っ！　ふう、はあっ……エギルさんのっ、んんっ……奥にっ、ちょうだいっ！」

そして、子宮を目がけて肉棒を突きだし、そのまま我慢していた精液を吐き出した。

「あ、ああっ、エギルさんのが、膣内で跳ねて……あっ、ううっ……く、くるっ、きて――るう！　ううぅっ！　んはあああぁぁん！」

ドクッ、ドクッ、と膣内に吐き出される精液。そのたびに跳ね上がる肉棒。それを感じて、華耶の腰もビクンっと大きく跳ねる。

「あっ、いっぱい、出てるっ……エギルさんの、濃い、精液が……膣内に出てる……」

華耶はそのままぐったりとした様子でエギルに抱きつき、荒くなった呼吸を整える。

「少し、このまま……休んでも、いい？」

「ああ、俺も疲れたから休みたいかな」

笑いかけると、華耶は抱きつく手に力を込めた。

その後、二人は揃《そろ》って窓から覗《のぞ》く満月を見つめていた。

エギルは脚を伸ばして座っている。その腿《もも》に頭を乗せて横になっている華耶が嬉しそうに笑みを浮かべる。

「どうした、急に笑って？」

「ん、笑ってた？　私が？」

「ああ、笑ってたぞ。自覚なかったのか？」

現に今も笑ってるのだが、というのは言わなかったが、華耶は「そうね」と応《こた》えて、

「たぶん、幸せだったから、口が勝手に反応したのかしら？」

「かしらって、華耶にもわからないんだな」

「ええ、わからないわ。だけど、そういうことなんじゃないかしら。この膝枕《ひざまくら》も好きだもの」

「そうか。耳も尻尾も反応してるからそうなんだろうな」

「――なっ！」

華耶は勢いよく起き上がり、両手で耳を折りたたむ。

「なんで感情によって耳と尻尾が反応すること知ってるの⁉」

「なんでって、見てたらわかるぞ。もしかして隠してたつもりか？」

図星だったらしく、華耶は頬を赤く染めて、そっぽを向く。

「……そうよ。だってこの動きの理由を知られたら、嘘《うそ》とかつけないんだもの！　不利じゃない、そういうの。なんか」

「何が不利なんだか。まあ、俺からしたら、わかりやすくていいがな」

「もう……」

膨《ふく》れっ面《つら》の華耶は再びエギルの腿の上に頭を置いて横になる。そして彼の手を持って、自分の頭の上に乗せる。

「コン」

「どうした？」

なぜかムスッとされた。

「……なんでもない。頭、撫でて」

「どうした急に？」

「ふん。ずっと甘えてこなかったから、甘えたくなったのよ」

「なるほど。わかったよ、好きなだけ撫でるよ」

頭を撫でると、耳と尻尾が反応する。喜んでるのがすぐわかり、エギルは笑ってしまった。

「どうかした？」

「いや、月が綺麗だなって」

「んん？　どういうこと？」

不思議そうな顔をした華耶だったが、エギルがその理由を伝えることはなかった。

三章　奴隷ではなく妻としての選択

Choice as wife, not slave

――エギルと華耶《かや》が結ばれたのと同時刻。

フィーは部屋で一人、白ウサギのエリザベスに声をかける。

「――昨日は遅くなるって言ったけど、順調に進んでるから、もう少しで戻れると思うよ。そっちは問題ない？」

フェゼーリスト大陸で待つエレノアたちへの連絡。これまで、ここに来てから毎夜、欠かすことなく続けてきた。それはエギルの命令ではなく、フィー自身が、エギルや、残った四人が安心を得られるようにと思っての行動だった。

『……実はですね』

と、エレノアは王国で起こった出来事を話し始めた。


時は遡《さかのぼ》ること、エギルと華耶が結ばれた日の前夜。

『──ということになったから、少し帰るのに時間がかかると思う』

エギルと共にシュピュリール大陸に渡ったフィーから、ハムスターのゴルファスを介《かい》して報告を受けたエレノア、セリナ、サナ、ルナの四人。彼女たちはテーブルを囲むようにして座り、目の前のハムスターから発せられるフィーの言葉を聞いていた。

帰りが遅くなると聞かされた四人は、わかっていたとはいえ少しだけ気持ちが沈む。

そんな中、エレノアが無理に作った笑顔で大きく頷《うなず》いた。

「わかりました。フィーさん、エギル様をよろしくお願いしますね」

『……うん。エギルには「何かあったらすぐに帰るから、些細《ささい》なことでも伝えてくれ」って言われてるから』

「わかりました。ではまた何かありましたら、よろしくお願いします」

『……うん、じゃあ』

プツンと糸が切れたように声が途絶え、ハムスターはちょこちょこと走ってどこかへ消えてしまった。

セリナは、天井を見上げて何度もため息を漏《も》らす。

「そりゃあそうだよね。あー、ずっと一緒にいたから寂《さび》しくなっちゃう。あー、いつ帰ってくるのかわからないの、寂しいな……」

「セリナ、それは言っても仕方ないことですよ。わたくしたちはご主人様が湖の都の方々を連れて帰って来るのを待ちましょう」

「そうだね。でも、やっぱ寂しいな……あっ、それじゃあ、今日はサナとルナと一緒に寝ようかな。ねっ、いいかな？」

「急にどうしたの？」

　エレノアに聞かれ、セリナは苦笑いを浮かべる。

「ずっとさ、エギルさんと寝てたから……なんていうのかな、急に寂しくなって……だからたまには、二人の妹のことを思い出して、ギュッとしたいなって」

「そういうことでしたか。セリナには妹が二人いましたもんね」

「うん……サナとルナより少し年下かな」

　いつも側《そば》にいてくれたエギルという存在が急にいなくなってしまったため、セリナはふと家族のことを思い出し、寂しくなったのだろう。それを察したサナとルナは、セリナの手を握る。

「あたしも寂しかったから、セリナさんが一緒に寝てくれたら嬉《うれ》しいよ！」

「わ、わたしも……そうしてくれると、落ち着き、ます」

「それじゃあ、今日はお姉ちゃんが一緒に寝てあげるからね」

　ふっふーん、と嬉しそうに鼻を鳴らすセリナ。

「では、わたくしも三人と一緒に寝ましょうかね」

「えー、エレノアが来たら騒がしくて眠れないから嫌よ」

「そう言わないでくださいよ。それに——今は一人より、みんなでいたほうがいいでしょ？」

エレノアが途中から声を落としてそう言うと、四人は共に同じ方向を見つめる。

視線の先には一人の男がいた。彼は暑そうに窓の外を眺《なが》めていたが、四人の視線を受けて振り返り、屈託《くったく》のない笑顔を見せた。

「おっ、嬢ちゃんたち、話は終わったのかい？」

エギルがいない間だけ、この無名の王国を守ってもらうためハボリックが雇《やと》った冒険者。左腰に深い反りのある剣をつけた男は、四人の冷たい視線を受けてもニコニコしていた。

ハボリックは冒険者が関《かか》わるところでは顔が広いというのを、四人はエギルから聞いていた。なので、椅子《いす》に座って窓の外を眺めるこの男が、ハボリックの知ってる中で一番の実力者であって、悪い人ではないというのは四人だって理解している。だが、

「いやー、ここからの眺めってのは、下から見るよりも絶景だな。俺っちもここに住もっかなー」

どこか能天気《のうてんき》な雰囲気《ふんいき》のある彼に、エレノアたちはどうしても、この無名の王国をしっかり守ってくれそうな強いイメージは持てなかった。

金属類を一切使っていないよれよれの衣服を纏《まと》い、持ち物は、腰につけた一本の剣のみ。その剣自体も高価なものではないのは、使い古されたボロボロな感じからわかる。

猫背《ねこぜ》で背丈《せたけ》は一六〇センチほどと男性にしては低く、顔にある皺《しわ》などを見ると、おそらく三

○代後半だろう。そんな少し老けた顔つきに、茶色の瞳《ひとみ》。
髪は、本来は綺麗《きれい》な茶色なのだろうが、かなり痛んでいて、焦《こ》げ茶色に見える。

そして、最も怪《あや》しい雰囲気を感じさせるのは、あの無造作《むぞうさ》に伸ばされた髭《ひげ》だろう。カッコよくも清潔感もない、ただの無精髭《ぶしょう》で、初対面での印象は良くなかった。

「ハボリックさんが選んだ方なので、悪い人ではないと思うのですが……」

エレノアは小声でそう漏らすと、他の三人は、

「あれはどう見ても胡散臭《うさんくさ》すぎるって。ハボリックさん、違う人と間違えたんじゃない？」

「あたしもそう思う。なんか頼れる感じがしないもん」

「わ、わたしは……よく、わからないですけど、あまり、いい人には見えない、です」

揃って苦い顔をしていた。だが、そんな悪口ともとれる言葉を囁《ささや》かれているとも知らず、彼は窓の外を眺めながら、子供のように満天の星空に興奮《こうふん》していた。

「いやー、やっぱ住む場所が違えば、見える景色ってのも違うんかねー。なっ、エギルもここからの景色を楽しんでたのか？」

エギルのことを知ってる、ということはエギルの知り合いなのだろうか。だが、エギルは冒険者の間ではかなり有名で、名前くらいは知っていてもおかしくはない。

エレノアは作り笑顔で言葉を返した。

「エギル様はあまり星は見ません。夜景とかもあまり好みませんので」

「なんだ、勿体《もったい》ねぇの。……まあ、あいつって、昔からそんな奴《やつ》だったからな」

「昔から？」

「ん、ああ、いや……こっちの話だ。それより俺っちさ、移動やらなんやらでちっと疲れちまってよ。どの部屋を使えばいいんだ？　ベッドが高くないと眠れねぇお子様気質だからよ。あっ、あいつの部屋借りていいか？　そこなら――」

「――駄目！」

すぐに反応したのはセリナだった。テーブルを叩《たた》いて立ち上がった彼女は、みんなの視線を受けて、少し恥《は》ずかしそうに咳払《せきばら》いした。

「……エギルさんの部屋は、駄目です」

エギルの部屋は、エギルと彼女たちが愛し合う場所として使われている。匂《にお》いだって、まだ残っているだろう。そこに他の男が寝るのは、彼女たちにとっては絶対に阻止《そし》したいことだった。速攻で断られた彼は少し驚きながら、

「ふーん、そっか。じゃあ俺っちはどこ使えばいいんだ？」

そう聞き返されると、エレノアが立ち上がり、

「空《あ》いてる部屋があるので、わたくしがご案内します。三人はここで待っていてください」

三人を残して、エレノアは彼をその空き部屋へ案内する。

この廃城から少し歩けば城下街だった住民区があるが、そこはまだ人が住める場所とは言え

なかった。家屋の床板は腐り、壁も剝《は》がれ落ちている。家具も散乱した状態で、未《いま》だに埃《ほこり》だらけなところが多い。

そんな場所に、胡散臭いとはいえ、この無名の王国を守ってくれるはずの彼を泊めるわけにもいかない。となると、客人として、この城の客間に泊めるしかない。

「こちらへ」

コツ、コツ、とハイヒールの踵《かかと》を鳴らして部屋を出るエレノア。男と二人で歩いていく彼女を三人は心配そうに見ていたが、彼女は身の危険も、襲《おそ》われるかもしれないという不安も全く抱いていなかった。

「わたくしの勘違《かんちが》いかもしれませんが、あの剣の紋章《もんしょう》、どこかで見たことあるような……」

エレノアが気になったのは、使い古された剣の、鞘《さや》に刻《きざ》まれている少し錆《さ》びついた《星空に浮かぶ島》のような紋章だった。

王国に属している者は皆、武器や防具などに紋章を付けるきまりがあり、王国ごとに、その国の象徴とも言える絵柄の紋章が刻まれている。

星空に浮かぶ島の紋章は、エレノアの記憶にあるどこの王国でもなかったが、どこかで見たことがある気がしていた。

エレノアは一級品の生地《きじ》で作られた、胸元の開いた真っ赤なドレス姿だ。その後ろを少し猫背気味の中年男がついていく。エレノアは長い廊下を歩きながら、彼の名前を尋《たず》ねてみた。

「……ルディアナ・モリシュエ様、でしたよね？」

「ん、ああ、俺っちの名前な」

名前はハボリックから聞かされていた。

──ルディアナ。

それが彼の名前なのだが、エレノアには、少しだけ引っかかっている部分があった。

「ルディアナ……なんだか女性の名前みたいですね」

「……はは っ、よく言われるな、それ」

「ですよね。わたくしも名前だけ聞いていたら、女性だと勘違いしてたかもしれません。ですが男性……不思議ですね？」

「まっ、そうだな」

お互いにはっきりと本音で語り合わない。おそらく、彼に聞き質《ただ》したところで本当のことは話さないだろう。であれば、言葉からヒントを探っていくしかない。

ハボリックもゲッセンドルフも、彼のことはほとんど何も教えてくれなかった。ただ「信用できる強い人」とだけ。だが、おそらくエギルに聞けば彼が誰なのか一発でわかるだろう。だけどエレノアはそれをしない。エギルに余計な心配をかけたくなかったからだ。

向こうは今、大変だろう。それに、エギルが絶対的な信頼を置いている、ハボリックとゲッセンドルフが紹介したこの男を、あまり疑いたくはなかった。

「こちらの部屋をお使いください」

「ん、ここね……ところでさ、嬢ちゃんにいくつか聞いてもいいかい？」

さっきまでのおちゃらけた表情から一変、ルディアナと名乗る彼は、真剣な表情をした。

「答えられる範囲であれば、どうぞ」

「そうかい。んじゃまず、俺っちの名前に……心当たりはあるかい？」

「……名前に？」

先程、会話に出てきたルディアナという名前だろう。だが、エレノアはピンとこなかった。

「いえ、ないですね。有名な方なのですか？」

「いや、そういうわけじゃないんだが……ふーん、なるほどな。んじゃ次の質問。あの二人から聞いたんだが、あんたが最初に奴隷《どれい》としてエギルに買われたんだよな？」

二人、というのは、ハボリックとゲッセンドルフのことだろう。エレノアは「ええ、そうですよ」と即答する。ルディアナは「ふーん」と言いながら何度か頷くと、

「それはあいつが、あんたに惚《ほ》れたからか？」

「わたくしはエギル様ではないのでわかりません。ですが、そうであったら嬉しい、とは思ってます」

「そうか。じゃあ最後の質問だが、あんたはあいつのことが好きか？」

「ええ、愛しております」

「なるほど――じゃあ、あんたは何があっても、あいつを裏切らないか？」

そう聞かれ、エレノアは目を見開いた。

奴隷商人に売られ、絶望したあの時から、エレノアは周囲の人間や、一つ一つの言葉を疑ってみることが多くなった。だから少しだけ、彼の正体を摑《つか》めたような気がした。

「そうですね……」

エレノアは、少しだけおかしな返答をした。

「わたくしは、エギル様を裏切ることも、離れることもありません。それは他のみなさんも同じです。――もう、エギル様を悲しませたりしませんから」

まるで以前、エギルが誰かに裏切られて、一人になってしまったのを知っていて、自分たちはそんなことしないと伝えているかのような言葉。

もし昔、エギルに何かあったのかを知っている者なら、この返答に、何らかの反応を見せるはず。そして、ルディアナはニヤッと笑い、それは次第《しだい》に大きな高笑いに変わった。

「あははははっ、なるほどなるほど、道理であいつが惚れたわけだな。……んじゃまあ、その気持ち、ずっと持ってやってくれや」

エギルの知り合いで、彼を大切に想う一人。

そして、周囲の者たちもあまり話さない、エギルが過去に負った心の傷を知っている。

この目の前の男の反応を見て、エレノアはこの男の正体を確信した。

「ええ、そうさせていただきます。それで、どうしてあなたはここに来たのですか？　エギル様に会いに来たわけではないですよね？」

「ん、まあな。俺っちはあいつが作ったこの王国と、あんたらを見に来ただけだからな」

「わたくしたちを、ですか？」

「ああ、もし……」

彼は突然鋭い視線をエレノアに向ける。エレノアは即座に後ろに飛び退《の》いた。

殺気とも呼べる威圧《いあつ》。それを無意識に出してしまったことに気づいたのか、彼は笑顔で謝った。

「ああ、すまんすまん、ついな……」

「つい、で殺されるかと思いました」

「まあ、あいつを騙《だま》そうとする女だったら——俺は、躊躇《ためら》わず殺してたけどな」

その言葉に、エレノアは息を呑《の》む。

「……それで、わたくしたちを殺す対象だとお思いで？」

「まさか。相思相愛だってのはわかったしよ、そんなことしたら、あいつに殺されちまうって」

「エギル様はお強いですが、あなたも相当お強いと思いますよ？」

「まあな。だけどさ、誰かのために死ぬ気で挑《いど》む男って、めちゃくちゃ強くなれるんだよ。んー、この言葉、昔あいつに教えてやった言葉だったかな」

「それと、『疑って生きるよりも、信じて裏切られた方が幸せ』でしたか？」

「……懐《なつ》かしいな、その言葉。それ、あいつから教えてもらったのか？」

「はい、エギル様から教えてもらった言葉です。エギル様はわたくしたちを信じてくれてます。だからわたくしたちも、エギル様を信じております」

「そうか。あの時深い傷を負っていたから、もう立ち直れないかと思ったんだが……また誰かを信じられるようになったんだな」

「昔のエギル様は知りませんが、わたくしたちの知ってるエギル様は、とてもお優しくて、わたくしたちを大切にしてくれる方です」

　エレノアはニッコリと微笑《ほほえ》み、

「――それでは、ここまでお話ししてくれたのなら、もう本名を名乗っていただけないですか？」

「あいつに、ここに来たことを秘密にしてくれんならいいぞ」

「知られたくないのですか？」

「知られたくないっつうか、んー、なんつーんだろ、まだ会うのは先にしたい、って感じかな。それに、所在も知らせずに、ずっと手紙とかも送らなかった俺っちがここにいるって知ったら、あいつ、怒りそうだしよ」

　そう言って、男は笑う。エレノアもそれに釣られて笑ってしまった。

「そうでしょうね。それで——剣王と呼ばれている、あなたのお名前は？」

「俺っちは、シルバ・タスカイル。まあ、この名前を名乗る機会が少ないから、そこまで有名じゃないだろうがな」

「シルバさんですね」

「ん、俺っちにはエギルみたいに、様を付けてくれねぇのか？」

ニヤニヤと笑うシルバに、エレノアは笑顔で答えた。

「わたくしが様を付けるのは旦那《だんな》様であるエギル様だけなので、申し訳ございません」

「ふへぇ、なんだかな……まっ、いいや。んじゃ、お互いの聞きたいことも聞き終わったみたいだし、俺っちは眠らせてもらうぜ？」

「あっ、その前に、もう一つだけ聞かせてもらってもいいですか？」

ドアノブに手をかけたシルバを止めたエレノア。

「ルディアナ、という方はどなたなのでしょうか？」

エレノアはそれだけ聞いておきたかった。どうして、そんなデタラメな名前を名乗ったのかを。

今回、ハボリックが出した依頼の報酬《ほうしゅう》はかなり少ない。

その理由としては、魔物からこの無名の王国を守るというクエストなのだが、その敵の数は明確ではなく、出せる資金もあまり多くないため、Bランク程度の報酬しか提示していない。

報酬が目的ではなく、エギルが作った王国と、彼の側《そば》にいるエレノアたちを確認しに来た、というのが目的ならば、なぜ、エギルがいないのに名前を隠そうとしたのか、エレノアはそれが疑問だった。本名を名乗ることが少ないということは、他でもルディアナという名前を使っているということではないか。すると、シルバは笑いながら、

「それは教えられないな。まあ、いつか、あいつから教えてもらえばいいさ。あんたが、あいつの過去の傷を抉《えぐ》っても心が痛まないならな」

「それは……」

「んじゃ、明日から警備に当たらせてもらうからよ、おやすみ」

バタンと閉ざされた扉。その扉を前に、エレノアはため息をついた。

「それが答えではないですか……」

エギルの持つ傷など、そこまで多くはないだろう。おそらく一番大きいのは、初恋の相手である、メイドの奴隷の女に裏切られたこと。それしかないだろう。

シルバの言うエギルの過去の傷を抉る名前――ルディアナはその女の名前に違いない。

「シルバさんは、その彼女の名前を使って何を……？　いえ、もしかしたら捜してるのかもしれませんね」

名前を聞いて反応した相手から情報を得る。

ルディアナ・モリシュエという人物がこの世界に何人もいるわけがない。もし彼女を捜して

いるのならばその名前を名乗るのが最も手っ取り早い方法と言えるかもしれない。

「ですが、男性が名乗るのは少々怪しまれると思うのですが」

少し抜けた部分があるのだろうと、エレノアはくすりと笑った。

シルバと話したことでその人物の名前を知れて良かったとエレノアは思った。そして顔も知らない女に、微《かす》かな殺意を覚えていた。

「わたくしも、少しこの名前の方を捜してみましょうか」

エギルにとってもはや遠い記憶になっているのなら別に構わない。だけど彼女が生きていて、目の前に現れることがあれば、エギルがまた苦しむ可能性がある。

「それを阻止したい。このみんなとの幸せな時間を邪魔されたくないですから」

エギルが作ったギルド《理想郷への道》は、苦しんだ過去を忘れて、皆で幸せになるための家族を作ろう、という願いを込めた名だ。

その幸せな家族の輪《わ》の中に、エギルを苦しめた過去が影を落とすようなことがあってはならない。もしもどこかで邪魔が入るのなら、その時は、エレノアがエギルを救う番だ。

エレノアは三人が待つエギルの部屋の前に立つと、大きく深呼吸して部屋へ入る。

「ただいま戻りました」

部屋へと戻ると、ベッドで横になっていた三人はすぐに起き上がり、不安そうな表情でエレノアに歩み寄る。

ていた。

「もう、セリナは心配性ですね。別に何もされてませんよ」

安心させるように笑顔を向けるが、セリナだけではなく、サナとルナもエレノアの身を案じていた。

「あたしたちも心配だったんだよ！」

「そう、です……エレノアさんに何かあったらと思ったら」

「心配してくれてありがとうございます。だけど大丈夫ですから」

セリナは不安そうにエレノアの身体を見つめる。

「どこか触られてたり、してない？　キスとかもされてない？」

「大丈夫ですって、わたくしがそれを許すわけないですよ」

三人は気が気でなかったのだろう。そう思ったエレノアは、ベッドにダイブするなり、ドレスを脱ぎ捨て、下着姿で横になりながら、普段から使ってる枕に顔を押し当てる。

「んー、エギル様の匂いがします。……では、ちょっとだけ」

エレノアの指が自分の股間《こかん》へとスルスル伸びていく。頰《ほお》を赤らめてるのは、枕に顔をうずめていてもわかる。自慰《じい》行為をするのだろう。だがその手は途中で止められた。

「……あんた、何しようとしてるわけ？」

「何って、エギル様の匂いを嗅《か》ぎながら一人でしようかと」

「ほんと馬鹿《ばか》じゃないの!? エギルさんが帰ってくるまで我慢《がまん》しなさいよ、というより、私たちがいる前でオナニーしないでよ!?」

「ですが、どれぐらいの期間いないかわかりませんし……。この匂いを嗅いでも、セリナは我慢できますか?」

枕を渡すと、セリナは頬を赤く染める。

「こ、これは……」

「セリナの大好きな、エギル様のうなじ部分の匂いです。大好きですよね?」

「……うん。って、駄目よ! 私はエギルさんが帰ってきて抱いてくれるのを楽しみに待つから。それの方が絶対、気持ちいいもん!」

どうやらセリナは誘惑に堪《た》えたようだ。辛《つら》そうだが。

「それもそうですが……。はあ、では我慢しましょうか」

「まったく。じゃあほら、寝るわよ」

「あ、じゃあ、わたくし、灯《あか》り消しますね」

四人で眠るには少し広いベッド。エギルがいればもう少し狭いのだが。今のこの広さが四人には少しだけ、寂しかった。

◆

――次の日の朝。

エレノアたち四人は、まだまだ人が住める状態ではない住民区の清掃に精を出していた。

「えほっ、えほっ。埃《ほこり》っぽいですね」

「大丈夫、エレノア？　あまり埃を吸わないようにね」

「ええ、大丈夫です」

「何年も人が暮らしてなかったからね。あーあ、魔物が掃除してくれてれば良かったのに」

セリナは口元を布で覆《おお》いながら、あちこちに溜《た》まった埃を払い、サナとルナは、散らばった家具を物色《ぶっしょく》していた。

机や椅子の細部を確認して唸《うな》るサナと、小物を手に取って唸るルナ。二人はすぐに使える物、修理すれば使える物、捨てるしかない物をそれぞれ選別している。

「んー、これも駄目。ああ、これも駄目かー、くそー」

「サナ、こっちも駄目、かな」

「駄目っぽいね。ここの家の家具は全部新しくするしかないかなー」

「うん、住むにはどうしたって家具が必要だからね」

二人の話を聞いて、エレノアとセリナは揃《そろ》ってため息をつく。

この住民区にはモンスターによって破壊された家も多いが、埃を取り除けば人が住めそうな家がかなり残っている。だが家の中は、荒れきったままだった。

その家を住める状態に戻す作業には、エレノアら四人の他、数名の冒険者が手を貸してくれているが、圧倒的に人手が足りていない。

ハボリックは各地の街や近隣の王国などに出向いて、クエスト受注所に届いたクエストを分けてもらえないか交渉《こうしょう》している。ゲッセンドルフもあちこち回って、この無名の王国に出向いて商売をしてくれる商人を探してくれている。

二人の主な仕事は、ここに住んでくれる冒険者が増えるようなクエストを探したり、行商人が稼《かせ》ぎ場としてこの地へ足を運んでくれるようにすることだ。

「やっぱり、少ない人数では厳しいですね……」

現在この無名の王国で暮らしているのは、エレノアたち四人とハボリックとゲッセンドルフ、そして、眠ったままのサナとルナの母親と、百名ほどの冒険者たち。

エギルは《ゴレイアス砦《とりで》侵攻戦》攻略後、サナとルナの母親を故郷から連れてきた。二人の母親は原因不明の病気によって眠り続けている。今は治す方法を探しながら、この城の一室で寝かせている。

集まってくれた冒険者の中には、《ゴレイアス砦侵攻戦》のクエストで共に戦ったハルト・スアレスもいる。彼はギルドメンバーであった仲間の遺品――聖力石《せいりょくせき》をエギルから受け取ると、涙ながらにお礼を伝え、逃げたことを何度も何度も謝った。

それに関してエギルは勿論《もちろん》、他の者たちも咎《とが》めることはしなかった。

皆、彼が逃げた理由を理解し、彼の苦しみを受け止めたからだ。その対応が嬉しかったのか、それからというもの、ハルトはこの無名の王国に移り住み、献身《けんしん》的に働いてくれている。

だが彼も、住民区を綺麗《きれい》にすることより、この無名の王国を招かれざる客から守ることに尽力《じんりょく》している。

とその時、四人の耳に、何かが爆発するような音が響いた。

「また、ですか……」

「ほんと、しつこいわね」

家の中まで響く爆発音に、四人はため息をつく。

クエスト《ゴレイアス砦侵攻戦》を攻略してからというもの、元々魔物の巣窟《そうくつ》だったこの地を奪い返そうと、魔物たちは休まず、毎日のように押し寄せていた。

さらに《ゴレイアス砦侵攻戦》のクエストは未だに依頼が続いているという。

「冒険者さんたちが頑張ってくれてますから大丈夫ですよ」

ハボリックとゲッセンドルフが、王国を守ってくれるようクエスト受注所に依頼したので、王国の外からも、少ない報酬でこの地を昼夜交代で守ってくれる冒険者が沢山《たくさん》来ていた。

そうできたのも、これまでのエギルの冒険者としての活躍や人望あってのことだろう。

だがセリナは少し心配そうに、窓の外を眺めていた。

「でもさ、エギルさんのいない間、特別に来てもらったあの人は大丈夫なのかな？　ハボリックさんとゲッセンドルフさんの紹介だから強い人だとは思うんだけど……」

「城壁の上で空を眺めてサボってたりして……？」

「サ、サナ！　力を貸してくれる人に、そんなこと思ったら、だめっ」

「いや、だってさ……ねぇ、エレノアさんは心配じゃない？」

テーブルに手をつきエレノアを見るサナ。エレノアはにっこりと微笑みながら答えた。

「いえ、わたくしは心配してないですね」

はっきり答えると、三人は「ふーん」と怪訝《けげん》そうな声を上げた。

あれから、エレノアはシルバの正体を他の三人に教えていない。それは、三人に無駄に気を遣《つか》わせたりするのは嫌だったからだ。だから、エギルが帰ってきてからでも話そうと考えていた。

最初の爆発音が轟《とどろ》いてから少し時間が経《た》ち、遠くで聞こえていた騒音もいつの間にかピタリと止《や》んでいた。

「静か、ですね……」

「ほんとね。いつもならまだ騒がしいのに」

エレノアとセリナが窓の外を見ながら話していると、

「おーい、嬢ちゃんたちー、侵入者は追い返しておいたぜ？」

突然家にやってきたシルバは、ニヤリとした笑みを四人に向ける。

セリナは目を丸くさせた。

「えっ、でも……まだ戦いが始まって少ししか経ってませんよね？」

爆発音が聞こえてから、まだ数十分しか経っていない。いつもなら日が沈む頃にようやく治まる感じなのに、この短い時間で終わるというのはいくらなんでも早過ぎる。

これにはエレノアも驚きだった。しかしシルバは、なぜ驚いてるんだ？　と言わんばかりの顔で、壁に背中を預けている。

「ここに攻めてきた魔物が弱っちいからよ。あんなん秒殺だってての」

「秒殺って……あなたって、そんなに強いんですか」

「おいおい、セリナちゃん、俺っちのこと信用してないわけ？　オジサン悲しいわー」

「あ、あの、そういうわけでは……じゃあ、他の冒険者の人たちは？」

「ん、あいつらなら暇《ひま》そうな顔して空を眺めてたぜ？　楽な仕事だーとかなんとか呟《つぶや》いてたな」

高笑いするシルバに、四人はため息をついた。

「楽な仕事ではなく、あなたが強いだけではないですか」

エレノアはボソッと呟くと、大きな音を立てて手を叩く。

「では、少し早いですがお昼ご飯にしましょうか」

「お、昼飯《ひるめし》か!?　ひゃっほーい！　オジサンもう腹ペコペコよ」

嬉しそうな顔をするシルバ。そのまま家を出ようと背を向けたが、何か思い出したように振り返り、エレノアに質問する。

「ああ、そうそう。てかよ、ここってちゃんと王国として手続きしてんの？」

「王国としては、まだですね……エギル様の考えでは、人を増やしてから公表するとのことなので」

「人がいなくても王国って普通は公言するだろ。てか、ここがクエストの目的地になってるって聞いたぞ。大丈夫なのか、それ？」

「実は――」

エレノアは、この地をどうするか、エギルの考えを説明した。

この無名の王国は、公《おおやけ》にはまだゴレイアス砦という名のままで、おそらくは、誰もがそう思っているだろう。だが冒険者が作った王国というのは、最初はそういった魔物の巣窟だった場所から生まれることがほとんどだ。

もし王国として成立させたいならば、いくつか方法がある。

その一つは縁《えん》のある王国から大陸中に建国について発信してもらうこと。けれどこれには条件があり、王となる者がＳランク冒険者という地位を確立しているか、あるいはその者が王国を建てるだけの土地を所有している必要がある。

エギルは前者だった。それでもまだ王国と名乗れるほどの体裁《ていさい》が整っていなかったので、大陸中には公言していない。

もし建国が難しいのであれば、フェリスティナ王国に対して、そこに属する国にしてもらえるよう申し立てるという手もあった。けれど、エギルはそれもしなかった。その理由は、フェリスティナ王国が、アロヘインという使用者の心身を蝕《むしば》む麻薬をこの場所で栽培するという目的を持っていたからだ。

アロヘインはもともと、ジメジメした湿度の高いところに生《は》える植物らしいのだが、エギルの読んだ資料によると、ゴレイアス砦では、ある一定の期間、突然高温多湿になるようで、この環境がアロヘインの栽培に適しているのだという。ここをフェリスティナ王国に渡せば、栽培や売買が禁止されているアロヘインが世界中に横行し、被害はこの大陸に留まらない可能性もある。大陸、ひいては世界を救うため、といった大それた考えではないが、エギルはフェリスティナ王国に属そうとはしなかった。

「——というわけで、エギル様は大陸中に公言はしていないのです」

エレノアはエギルの言葉を代弁するように、シルバに伝えた。

「なるほど……ここも、例の地ということか」

「あの、どうかされましたか……？」

真剣な表情で何か呟くシルバだったが、エレノアは言葉が聞き取れず、不思議そうに首を傾《かし》げると、彼はすぐにいつも通りの胡散臭い笑顔を浮かべた。

「いいや、こっちの話さ。ところで、フェリスティナ王国の目的がアロへインってのは、確実な証拠でもあるのか？」

「確実な証拠はありません。ただ、この情報をエギル様に伝えた方が嘘《うそ》をつく理由も、他に思い当たる理由もありません」

「まあ、フェリスティナ王国の領土はここから離れてるからな。わざわざ領土拡大のために、大金を払ってクエストを依頼する理由もない、か」

「ええ」

「引っかかる部分は多いが、まあ、理解はできた……んで、エギルが帰ってくるのがいつなのか決まってるのか？」

「……」

エギルがいつ帰ってくるのか、それは四人にもわからない。エレノアたちができることはこの場所を守ること。そしてエギルがシュピュリール大陸の者を連れて帰って来た時に住みやすくしておくこと。ただそれだけ。

「まあ、あいつの考えは間違ってないと思うぜ。誰だって悪巧《わるだく》みをしている奴らんところに属したいとは思わんだろう。だけどさ、これからもフェリスティナ王国はクエストを発注し続けるんだろ？　それじゃいずれ最悪な事態になるだけじゃねーの？」

「そう、ですが……」

「だったら、根本的な部分を改善して、喜んでもらったほうがいいんじゃないか？」

「どうやって、ですか？」

セリナが首を傾げながら問いかけると、シルバはニヤリと笑った。

「要するに、エギルが帰ってくる前に、ここをあいつの王国だってフェリスティナ王国に公言すんだよ」

「それって……」

「フェリスティナ王国は大陸中に発信できる力を持った国なんだから、大陸中に公言してもらって、ついでに、今あるクエストを取り下げてくれるように頼めばいいだろ」

「ですが、アロヘインの栽培を考えていたのですから、向こうも素直に頷いてくれるとは思えません」

「その狙《ねら》ってる理由を利用するんだ。領土拡大が目的ならわかるが、麻薬の栽培とあっちゃあ、向こうも大それたことはできんだろ？」

「つまり、フェリスティナ国王に、こちらが目的を知っていることを利用して交渉しに行くということですか？」

「交渉というよりも、脅《おど》しだな。向こうだってこのことはバラされたくないはずだからな。それを盾《たて》にすんのさ。最終的に、フェリスティナ王国にはここを諦《あきら》め、一つの王国であることを公言してもらう。どうよ、一石二鳥《いっせきにちょう》だろ？」

シルバのドヤ顔を見て、四人は再び顔を見合わせる。

確かに、ここに王国を築くのであれば、いつかは必ずその行程を踏むことになる。だが、それをエレノアたちの独断で決めるのには抵抗がある。四人にとってはエギルの行動を邪魔しないことが最優先だ。勝手な判断をして、エギルの邪魔をしたくない。言われたことを、ただ忠実に守るのが自分たちの役目であると思っている。

「嬢ちゃんたちはあいつに喜んでほしくないのか？　これじゃまるで、エギルの命令待ちの犬じゃんか？」

「犬って、私たちは別に……」

はっきりとは言い返せなかったセリナ。それはエレノアも、サナもルナも同様だ。

シルバだって四人を怒らせたいわけではないだろう。雇われた冒険者なら命令通りの行動でいい。だが四人は雇われた冒険者ではない。好きでここにいる、エギルを愛する妻たちだ。

「わたくしたちだって、できることなら、エギル様の力になりたいですよ」

エギルが、みんなが住みやすいように頑張っているのを、エレノアだって、他の三人だって知っている。力になりたいと、何度も思った。だけど、何か自分たちで考え行動して、エギルの立場や、この場所が危うくなってしまったらどうしようと、そういう不安がもたげて、四人は与えられている仕事を誰よりも一生懸命にこなすことしかできなかった。

「ここは王国だ。エギルが王様で、四人はその妻で后《きさき》なんだろ？　だったら四人で考えて行動してみねぇか？　それとも、勝手に行動したら怒るような器《うつわ》の小さい男なのか？　エギルはよ」

「エギルさんは違う！」

あ、と思わず声を発してしまったセリナは恥ずかしそうに俯《うつむ》く。

彼女たちはまだ自分たちが奴隷であるという意識が抜けきれてなかったのかもしれない。それに、エギルが頑張っているのを邪魔してはいけないと、自分たちが何か行動したら彼の邪魔になるのだと、勝手に決めつけていたのかもしれない。

――自分を奴隷だと蔑《さげす》むな。

エギルに言われたことを思い出して、エレノアは、ふう、と息を吐く。

「それも、そうですね。やれることがあって、エギル様の抱える負担を少しでも軽くできるのであれば、そうしたほうがいいですね」

「……まあ、それもそうかな。うん、私もそうしたいかな」

「あたしも、エギルさんが楽になってくれたら嬉しいかな」

「そうですね。それに、忙しくなくなれば、一緒の時間が生まれて、わたしも嬉しいです」

セリナ、サナ、ルナも同意していた。

「よし、それなら行動するのは早いほうがいいな」

シルバは嬉しそうに手を叩く。

「ここはあいつと嬢ちゃんたちの王国だ。俺っちは方法を教えてやるし、危険から身を守ってやるが、言葉で戦うのはお前たちだからな?」

――フィーは初めてそのことを聞いた。


『報告が後になってしまって、ごめんなさい。どうなるかわからなくて』

「ううん、気にしないでいい。それより大丈夫なの?」

『大丈夫だと信じたいですね。というより、王国を築くと決めた時から、わたくしたちはずっと思っていたんです。エギル様の力になりたいと。それが叶《かな》って、少し嬉しくもあるのです』

「そっか……わかったよ。エギルには話す?」

『内緒《ないしょ》にしていただけると嬉しいです。帰ってきてから報告したいですし、王国の発展のために頑張ってるエギル様に、迷惑はかけられませんから』

「そっか。うん、わかったよ。だけど状況が変わったら言って。エギルに戻ろうって言うから」

『わかりました。フィーさん、わたくしたちの我《わ》が儘《まま》に付き合ってくれて、ありがとうございます』

「ううん、大丈夫だよ」

『それでは、また明日、連絡します』

会話を終えると、フィーは白ウサギと黒猫を膝《ひざ》に乗せてため息をつく。

「……報告、しない方がいいよね。エレノア、エギルに迷惑かけるのが嫌だっていつも言ってるから」

エレノアはエギルを慕《した》う彼女の中で誰よりもしっかりした性格で、誰よりもエギルを支えようとするタイプだ。そんな彼女だからこそ、心配かけたくないのだろう。

――また、あの日のように自分は相手を想って嘘をつくのか。

ふと過去の苦しい記憶が蘇《よみがえ》ってきて、フィーは膝を抱きしめる。主のそんな苦しそうな雰囲気に気づいて、白ウサギのエリザベスと黒猫のフェンリルは彼女の近くに寄って顔を擦《こす》りつける。

「……心配してくれて、ありがとうね。だけど大丈夫。大丈夫だから」

二匹の頭を撫《な》でると、フィーの表情は和《やわ》らぐ。

大丈夫。きっと大丈夫。

それに、もう少しでエギルと共に帰るのだから、不安になることはない。

「……あの死人」

エギルが意識を失った華耶を担《かつ》いであの場を離れた時に見た死人に、フィーは違和感を覚えていた。

その者は、フィーがまだ終《つい》の国の住民だった頃、湖の都へ出向いた時に見た――華耶の側役《そばやく》に似ていたのだ。

四章　二人の少女に待ち人を

To two girls an expected visitor

――次の日の朝。

エギルは、華耶《かや》とフィーと三人で食事をしていた。

「……華耶、なんだか嬉《うれ》しそうだね」

「そ、そう？　普通よ？」

エギルは気づかなかったが、ずっと前から知り合いだったフィーにはそう見えるのだろう。

「うん。エギルと結ばれて、嬉しかった？」

「――なっ！」

華耶は赤面して、大きな耳はぺこぺこと何度もお辞儀《じぎ》する。

耳や尻尾《しっぽ》の動きは感情に左右される。それは、昨日の情事でエギルも何となくだが理解できた。華耶は照《て》れ臭そうにエギルに背中を向けると、感情を露《あらわ》にする耳を手で押さえながら小さく頷《うなず》いた。

「ええ、嬉しかったわ。誰かに寄りかかれるのは、こんなに落ち着くのね」

「そっか。良かったね、華耶」

親友としての祝福だろう。フィーに華耶は素直に「ありがとうね」と答える。

「だけど、これで全《すべ》て終わったわけじゃないよね？　エギルの目的は」

「ああ、そうだ」

華耶と結ばれて全て解決。そうなれば良かったのだが、ここへ来た目的は、華耶と、華耶が長《おさ》を務める湖の都の住民たちに、無名の王国へ移住してもらうことだ。

「華耶。今のところ、みんなが移住してくれる可能性はあるか？」

「そうね……」

華耶は食事の手を止め考える。

「若い子たちは、この環境から抜け出したいと思ってる者が多いの。だから、賛成してくれる子も多いと思うわ。私がエギルさんと契約して、エギルさんから離れられないと言えば、ここで生きていくのは難しいもの」

「悪神九尾《きゅうび》の力がなければ、終《つい》の国に滅ぼされるのは時間の問題だもんな」

「ええ。だけど、ここに何十年も暮らしていた年配の住民は、そう簡単に移住を許してくれないと思う。もしかしたら、私がいなくなっても、ここに残るって言うかもしれない」

「故郷への思い入れか」

若い者たちはこの地で生きてきた時間が短く、別の場所に移住することには、そこまで抵抗がないかもしれないが、人生の大半《たいはん》をここで暮らしてきた者であれば、この地で最期《さいご》を迎えたいと思うかもしれない。

「できる限り説得するしかないわ。ここにいても、争いは終わらないんだから」

「そうだな。ところで、他の二つの地域はどうなんだ？」

エギルがここへ来てから一度も話題に上らなかったが、東の『平原地国《へいげんちこく》』と、西の『玄政砦《げんせいとりで》』についてだ。華耶は「そうね」と、間《ま》を置く。

「他の二つは、うちと終の国の争いには無関心なのよ。あの太陽と月の少女が言ってたでしょ。終の国の目的は、私の悪神九尾の力だって」

「被害がないから手を出さないか。だが、もし仮に湖の都が終の国の手に落ちることがあれば、次の標的はそのどちらかになるんじゃないのか？」

「おそらくは、そうなるわね。でも、もしそうなっても、その二つの国はすぐに降伏《こうふく》するでしょうね。だから湖の都に手を貸して一緒に終の国に抗《あらが》おうとはしないわ。むしろ、何とか堪《た》えて、何年でも時間稼《かせ》ぎをしてほしいと思ってるでしょうね」

華耶は「触らぬ神になんとやらよ」と苦笑する。

要するに、この争いに関《かか》わらなければ危害を受けることはない。長引けば長引くほど、降伏せずに平和な暮らしができる、ということだろう。

これで、湖の都を支援してくれる者はいないとはっきりわかった。

エギルは食事を終えて、立ち上がる。

「……とりあえず、みんなに話してみよう。これからどうするか、それは住民が決めることだ」

そう伝えると、二人は頷く。

ここで悩んでいても進まない。エギルは華耶と湖の都の住民たち全員がフェゼーリスト大陸に移住してくれることを望んでいるが、一部の者は残留を決めるかもしれない。そうなった場合、その者たちもこの地で平和に暮らせるようにする。それが華耶の契約者となったエギルの成すべきことだ。

◆

華耶は集会を開き、住民全員を集めた。そして、この湖の都全員でフェゼーリスト大陸に移住することを伝えた。

華耶の話を聞いて住民はざわつき始めた。皆に落ち着くように言ってから、華耶はまずエギルと契約したこと、移住先のフェゼーリスト大陸での生活はエギルが保証してくれるということ、そして冒険者たちが自分たちを守ってくれること、新しい大陸で争いのない平穏《へいおん》な生活を営《いとな》むことができることを、順を追って説明した。

華耶とエギルが一人一人の目を見ながら伝えると、若者たちの表情は次第《しだい》に明るくなった。

が、この地に思い入れのある年長者たちは不満を漏《も》らした。

「……華耶様。儂《わし》らは、華耶様の一族が受け継いできた悪神九尾の力で守られてる立場です。あなたがいなくなれば、儂らはここでは生きていけません。ここで、その者が治める王国とやらに行くのが正しいのかもしれません……ですが、ここは我々の生まれた地。そう簡単に捨てるなんて無理です」

「そうです。先の短い老いぼれは、この地で最期を迎えたいのです……どうか、この地に留まらせてはもらえないでしょうか？」

「それは……」

予想していたとはいえ、実際に面と向かって言われると辛《つら》いものがある。

華耶は住民の表情を見て申し訳なさそうに俯《うつむ》くが、強制することはできなかった。

「……先祖がいて……みんながこの地で長い年月を過ごしてきたのはわかってる。この大陸が故郷なのも……だけど、私はみんなと新しい大陸に行きたい」

「それはどうして……」

「私もこの地で生まれた。この地は私にとっても大切な場所。だけどそれ以上に、私はここで暮らすみんなが大切なのよ。私は、もう誰にも命を落としてもらいたくないの」

地よりも人。大切なのはそこだろう。決して間違っていないのだが、それでも、この地は、思い入れのある者にとっては、人の命と同等の価値があるのだ。

「俺から、一ついいか……？」

沈黙の中、エギルの声が響く。かつて、これほどまで多くの者たちから注目されたことはない。緊張のため身体《からだ》が微《かす》かに震え、一人一人の視線が鋭く突き刺さる。

今までこんな中に一人で立っていたのかと思うと、素直に華耶のことを尊敬してしまう。自分も人の上に立ち先導する者ならば、こうあらねばと思った。

「みんなに移住してほしい地は、争いが決してないとは言えない。もしかしたら、争う敵が人から魔物に変わるだけかもしれない。そんな地へ、ましてや、華耶を連れて行こうとする俺を、憎《にく》む者もいるかもしれない」

周囲から向けられる視線には憎しみのこもったものもある。けれど、エギルは続ける。華耶と結ばれた昨晩、心に決めたのだから。

「俺は華耶を幸せにする。何があっても、絶対にだ。そして、華耶が大切に想うみんなも、俺は幸せにする。——みんなの命は俺が守る。何があっても、それだけは約束する」

自分が言えるのは、守る、という不確かな約束だけだ。

けれど、それだけは誓《ちか》わなければならない。彼らが全てを託《たく》してくれるためにも。

「だから信じてついて来てほしい。俺に、誰より華耶に！　みんなが幸せになれる道を、俺と共に歩いてほしい！」

エギルの願いを、住民たちは静かに聞いていた。

「私からも一言、言わせて。エギルさんを信じてほしい。私は、全てを彼に託してもいいと思った。彼なら、私が背負っていた苦しみも、ここで暮らす一人一人の命も背負ってくれる。だけどそれは彼だけじゃなく、私にも背負わせてほしいの。どうか、エギルさんを、私を信じて！」

華耶の願いを受けても尚《なお》、沈黙が続く。彼らに届いたのだろうか。緊張と不安から、エギルはここにいる者たちを直視できずにいた。

——だが、

「ボ、ボクは、信じます！」

一人の少年が口を開いた。彼は一気に周囲の視線を集め、恥《は》ずかしそうに顔を赤くしながらも、力強く発言した。

「お、お母さんは……お母さんは、お父さんが殺されてから、あまり笑わなくなって……終の国が攻めてきたら、いつも辛そうにするんです……だ、だから、ボクは信じます！　お母さんが、辛くなくなるなら！」

少年の訴えに、隣にいる母親らしき女性が涙を浮かべた。

「お、おれもついて行くぞ！　華耶様はこの湖の都を、何度も救ってくれた恩人だ。そんな華耶様の願いに背《そむ》くことはできねえ！」

少年の言葉に呼応《こおう》するように、一人、また一人と手を上げ、賛同してくれる。

その賛同の輪《わ》は広がり、いつしか反対していた者も賛同に加わった。

「良かったね、エギル」

静かにエギルと華耶の演説を見ていたフィーに言われるが、エギルはまだ喜べなかった。華耶たちがこの地を離れることとなっても、それでもまだこの地に留まりたいと願う者たちがいたからだ。だから、エギルはみんなに伝える。

「この地に留まりたい者が、このまま安全に暮らせるようにしたいと思う。だから俺は、終の国へ決着をつけに行こうと思う」

終の国の目的が華耶の持つ悪神九尾の力だとすれば、華耶がいなくなれば、残る湖の都の住民と争う必要はないはずだ。

華耶がいなくなれば、この地に終の国が攻めてくることはなくなる。しかし、

「終の国にはフェゼーリスト大陸の冒険者が加勢してる。それも、闇《やみ》ギルドに所属する連中だ。こいつらは、どこまでも追ってくるだろう」

「ここを離れても意味ないってこと？」

フィーの問いかけに、エギルは頷いて答える。

レヴィアならともかく、闇ギルドの者が対話ですんなり華耶のことを諦めてくれるとも思えないし、華耶が離れてたからといって奴《やつ》らがこの地に危害を加えてこないとも限らない。であれば、安心して移住するためにも、ここで終の国と戦うことは避けられないだろう。

「戦うの……？」

不安そうに見つめる華耶に、エギルは笑顔を返す。

「おそらくそうなる。だけど大丈夫だ。必ず戻ってくるから」

「……だったら、私もついて行くわ」

「だが」

「これは、湖の都の問題でもあるの。争いが終わるなら、私がいかなくては意味がないわ」

「華耶様！　自分たちも行かせてください！」

住民たちが華耶に駆け寄ってきた。

「奴らに殺された同胞のためにも、それに……操《あやつ》られてる仲間を、楽にさせたいですから」

「──それは！」

「操られてる仲間……？」

住民の言葉を慌《あわ》てて止める華耶だったが、はっきりとエギルの耳にも──フィーの耳にも届いた。そして、フィーは華耶に問いかける。

「華耶。もしかして、死人の正体って」

いつになく力強いフィーの声に、華耶はバツの悪そうな表情を浮かべる。

「……黙っていて、ごめんなさい。死人は、元はここの、湖の都の住民なの。終の国にいる傀《く》儡師《ぐつし》が、死人を操ってるの」

その言葉を聞いて、フィーの表情が悲しみに呑み込まれた。

◆

巨大な壁に囲われた終の国。

その中央に聳《そび》える城の最上階、玉座《ぎょくざ》の間で、生気を失った土気色《つちけいろ》の顔をした中年の男は、兵士たちに指示をだす。

「……次こそは、悪神九尾の力を宿した娘の身柄《みがら》を拘束《こうそく》しろ。よいな？」

「――ハッ！」

現国王であるウェスト・ハリッド・オーウェルスの、抑揚《よくよう》のない命令を受け、騎士たちは気持ちの良い力強い返事をしてその場を立ち去った。

しかしこの一室にはウェストの他に、爪《つめ》の手入れをする金髪の若い男と、それぞれ太陽と月のお面をつけた二人の少女、それに、黒いドレスを着た少女の姿があり、王国内で最も地位のある者がいるはずの場所とは思えなかった。

「よしよし、あと少しってところかぁ？」

爪の手入れが終わったのか、軽装の金髪男は玉座の前に立ち、

「どけよ、死人」

そう命じた。その瞬間、ウェストの体は、まるで吊《つ》るしていた糸がぷつんと切れたかのように、前かがみになって床に倒れた。

「まったく、手間《てま》取《ど》らせやがってよぉ……お前たちがよぉ、しっかりやってくれれば、こんなことにはならなかったのになぁ!?」

男の視線が二人の少女に向けられる。

「……」

「すみません、ガイ様」

太陽の少女は無言だったが、すぐさま月の少女が頭を下げる。

その反応に、ガイと呼ばれた男は舌打《したう》ちして、

「もし次に失敗したらよぉ、テメエらの目的、叶《かな》えてやんねぇからな」

「――ッ!」

まるで子供が拗《す》ねているような言い方だが、二人の少女の肩が一瞬、震えた。

そして、太陽の少女がガイへと詰め寄り、

「それは約束と違うだろ！　アタシたちはあんたが約束を叶えてくれると信じて――」

「おい、人形が勝手に意見してんじゃねぇぞ!?」

ガイが左手を伸ばし、何かを握りしめるように指に力を込めると、太陽の少女の全身が何かに縛《しば》られたように固まり、微かに苦しげな声を漏らした。

「ガイ様、わかりました！　次は必ず連れてきますから！」

月の少女が声を上げる。

「……最初っから、そうすりゃいいんだよぉ、ったく」

ガイが左手を広げると、太陽の少女はその場に倒れ、咳《せ》き込む。

「わかったら、さっさと行けよ。俺様はとっととフェゼーリスト大陸に戻って、あの悪神九尾の力で暴れてぇんだからよ。ほら、行けよっ！」

二人の少女は慌てて部屋を出て行く。

「一生の内に数個しか生成できない、力を増大させるお面を与えてやったってのによぉ……なぁ、お前も俺様に手を貸してくんねぇか、レヴィア？」

呼ばれた少女は玉座の間の大窓から城下街を見下ろし、ため息を漏らす。

「我《われ》は自《みずか》らのためにここへ来ただけ。お主に手を貸すためではないのじゃ」

「つれねぇな。まっ、うちのギルドはお互いのことには不干渉《ふかんしょう》だからなぁ……ってか、お前の目的はここで見つかったのかぁ？」

レヴィアは首を左右に振る。

「いいや、ないのじゃ。まあ、期待はしてなかったのだがのう」

「へぇ、そうかい。それならとっとと失《う》せればいいじゃねぇか。それとも、ここが気に入ったか？」

「なに、別の目的が見つかっただけじゃ」

そう言ってレヴィアは部屋を出た。

◆

「死人が、ここの住民だったとはな……」

華耶から説明を受けたエギルは驚きを隠せなかった。傀儡師の存在と死人。それらの情報から考えるに、傀儡師が死人を操っているとみて間違いないだろう。けれど、操られているのが湖の都の住民だとは思いもしなかった。

「だが、近くに墓があったよな。埋葬したんじゃないのか？」

「……できる者はしてる。だけど、戦闘で亡くなった人たち全員を連れて帰ることができなかったの」

「終の国に残してきてしまった亡骸《なきがら》を、操ってるってことか？」

「ええ、そうよ」

「華耶。一つ、聞いていい？」

二人が話し合っているのをずっと黙って聞いていたフィーが口を開く。

「……死人は、湖の都の住民だけ？」

そう聞かれて、華耶は一瞬だけ肩を震わせたが、フィーから視線を逸《そ》らす。

「わからないわ……」

「そう」

フィーからは華耶の表情は確認できなかった。けれど顔を逸らした先にいるエギルには、華耶の苦しそうな表情がはっきりと見えた。

「とにかく向かおう。傀儡師を止めれば、きっと操られてる者たちも、ここのみんなも、安心できるだろうから」

華耶が見せた表情の理由はわからない、フィーはそれについては聞いてはいけないような気がしていた。

◆

それから、エギルたちは終の国と決着をつけるための準備を始めた。

湖の都の若者たちが、エギルたちと共に終の国へ向かうことになった。

残りの者たちはいつエギルたちが戻ってきてもいいように移住の支度《したく》を始める。

誰もが最後の戦いに向けて気持ちを引き締める中、エギルはフィーと二人で湖の都の周辺を歩いていた。

「フィー、大丈夫か？」

「……なにが？」

いつも通りのフィーのはずなのに、どこか違った感じがした。だけどその違和感の原因がわからず、エギルは首を横に振った。

「いや、なんでもない」

「……そう」

二人の間に沈黙が生まれる。こんなこと、出会ったとき以来だ。

「そういえば、エレノアたちは問題ないか？」

「問題ないって。毎日、お互いに報告し合ってるよ」

「そう、だったな……心配になったんだ」

「わかってる。……ねえ、エギル」

「どうした？」

ふと、フィーは足を止める。その足下を追従していた白ウサギのエリザベスと黒猫のフェンリルの二匹も立ち止まり、心配そうな表情で主《あるじ》を見つめていた。

「終の国との戦いが終わったら、少しだけ……一日だけ、ここに泊まってもいい？」

「いいが、どうかしたのか？」

「うん、ちょっとね。前の主に、会いたいの……」

しばし言葉の意味を考え、エギルは問いかける。

「ユリシス、だったか……？」

「そう。わたしの最初の主。まあ、奴隷《どれい》って扱いじゃなかったけどさ」

「そうか。そのユリシスは、どこにいるんだ？」

エレノアから、フィーの元主であるユリシスという少女のことは聞いていた。だが、エギルもエレノアも名前と少女ということしか聞いていない。

「……死んだよ。わたしがこっちで暮らしてる時に」

「そう、だったのか……すまない」

「ううん、気にしない。少し、昔話していい？」

「ああ、聞かせてくれ」

いつもと違った雰囲気《ふんいき》のフィー。それはきっと、今までエギルに見せたことがない年相応の心が通った少女のように感じられたからだ。それが嬉しくもあったが、その普段とは違う様子に不安を覚える。そして、フィーはいつものように落ち着いた口調で話し始めた。

「わたしはね――」

彼女の、今まで秘密にしていた過去を。

幼《おさな》い頃のフィーはモノだった。

それは、物のように捨てられたというのが正しいだろう。

物心がついた頃には既《すで》に両親はおらず、気づいたら終の国の貧民街にいた。

生まれてからずっと誰からも愛情を受けてこなかった。そんな彼女は、捨てられた物を拾い、人の物を奪い、時には誰かを傷つけることで、生きる活路を見出《みいだ》してきた。それが良い行いか悪い行いかなんて、当時のフィーは知る由《よし》もない。なにせそれを教えてくれる者がいないのだから。

そんなフィーが六歳になり、いつものように貧民街でその日を生きるためにもがいていた、ある日のこと。

「そこに誰かいるの？」

同じくらいの背格好《せかっこう》の少女に声をかけられた。

その少女はなぜか目を閉じて杖《つえ》をついていた。

当時のフィーは、言葉というものを知らない。だから自分に声をかけたのか、それすらもわからず、威嚇《いかく》するように唸《うな》り声を上げた。

「グルルルルッ！」

自分に敵意を向けたら殺す、自分の食料を奪ったら殺す、そういう意味を込めて。

そんなフィーに、鮮やかな緑色の髪の少女は、優しく声をかけた。

「あら、わんちゃんでしたか！」

フィーの威嚇に動じなかった。

そして少女はフィーへと手を伸ばす。まるで撫《な》でようとする仕草《しぐさ》で。見下すような態度だと思ったが、これまで、生まれてからずっと人として見てもらえなかったフィーにとっては意外な扱いで、不思議と嫌な気はしなかった。

だからその差し出された手を握った。

以前、食料を盗みに入った酒場で、大人が握手してるのを目にしたことがあったので、そうするのが良いと思ったのだ。すると、目を閉じたままの少女は悲しそうな表情を浮かべる。

「あなたが……そうだったのですね」

「ガルッ？」

「……ううん、なんでもないの。私の名前はユリシス！　一緒に遊びましょ！」

ユリシスと名乗る少女は、フィーの手を引いて貧民街の暗い路地裏《ろじうら》を抜ける。

貧民街が陰であれば、城下街は陽。フィーは、太陽の日差しが照りつける城下街が嫌いだった。街の人間たちはフィーに汚物でも見るかのような目を向けてくるのだから。

だが、これまでの経験でフィーはわかっていた。このユリシスという少女は高貴な位《くらい》の人間だ。このままついて行けばきっと食料が盗めるはずだと。

そして、その予想は的中した。

連れて来られたのは大きな屋敷だった。そしてその屋敷に仕《つか》えているメイドが、ユリシスとフィーを見て目を丸くする。

「ユリシスお嬢様、どうなされたのですか!?」

「この子は――」

「その薄汚い娘は貧民街の娘でございます」

メイドはユリシスの言葉を遮《さえぎ》り、フィーを値踏《ねぶ》みするような視線を向ける。

それに敵意を感じたのか、フィーは威嚇するように唸り声を発する。すると、メイドはフィーに憐《あわ》れむような視線を向けた。

「……言葉を教わらずに捨てられたのね。ユリシスお嬢様、すぐにその娘から離れてください。危険ですから」

近づいてくるメイドを、フィーは威圧《いあつ》するように睨《にら》みつける。周囲に他のメイドや執事《しつじ》が現れる。だが、ユリシスは握った手を離さなかった。

「いやよ！　だってこの子はずっと一人で……うちで一緒に暮らすんだもん！」

「暮らすって……ユリシスお嬢様、この娘は」

「あなたもいいでしょ？　ここで一緒に暮らしましょ？」

フィーにはユリシスとメイドたちの間でどんな会話が交わされているのかはわからない。ただ握られた手は温かく、初めて受けた、人の――本来は両親から最初に与えられるはずの温《ぬく》もりを、フィーは手放せなくなっていた。

それから、フィーはこの屋敷で暮らすことになった。

ユリシスと共に食事をして、ユリシスから言葉を学び、人としての普通の生活を初めて知った。

暮らし始めた頃はキッチンから食材を盗んだり、夜中に屋敷から逃げ出そうとしたが、それをユリシスは「駄目！」と叱《しか》りながらも、フィーを抱きしめ離さなかった。

今になって思えば強引な少女だったが、この出会いがなければ、フィーはいつ野垂《のた》れ死んでいてもおかしくなかった。だから、彼女がフィーを救ったのは間違いない。

それから時が経《た》ち、フィーは言葉を覚え、世間《せけん》の常識、人間としての作法を学ぶ中、ユリシスが目の見えない――生まれつき盲目の少女であることを知った。

ユリシスと屋敷で暮らし始めて数カ月経った頃、フィーはユリシスに問いかける。

「……ユリシス、どうしてあの時、わたしを貧民街から連れ出してくれたの？」

「あの時……？　あっ、フィーをわんちゃんと間違えた時？」

「そう」

「あれは……ふふっ、なんでかしら。わからないわ。……ただ、そうね。あの日、目が見えなくてもフィーを感じられたからかしら」

「……なにそれ」

「なにかしらね。ふふっ」

当時はそう言われても意味がわからなかった。けれど、

「ユリシスは、フィーちゃんのことをずっと気にしてたらしいのよ」

フィーがユリシスの屋敷で暮らし始めてしばらくしてからのこと。当時から敵対関係にあった湖の都の幼き長の華耶は笑いながら言った。彼女とユリシスの三人で、終の国の近くにある秘密基地で遊んでいたときだった。以前ユリシスが内緒《ないしょ》だと言いながら華耶に理由を話したことがあったらしい。

「ずっと気にしてた？　目が見えないのに？」

「ええ。きっと声は聞こえていたのね。貧民街に言葉を喋《しゃべ》れない女の子がいるって。それで、両親に一緒に暮らせないか頼み込んでいたそうよ」

「そうだったんだ……だけど、どうして？」

「そうね。たぶん友達が欲しかったのかしらね。私とフィーちゃんがユリシスと出会う前は友達って呼べる存在がいなかったそうよ。目が見えないから、周りの同年代の子と遊ぼうとしても疎《うと》まれてたって」

華耶とユリシスが出会ったのは、まだ二人が幼く、湖の都と終の国が敵対関係にあることを理解できるような年齢ではなかった時のこと。華耶は屋敷の外に出られないことに反発し、ある日湖の都を抜け出した。外の世界を知らなかった華耶は気づかぬ内に終の国の領土内へ迷い

こんでしまい、兵士たちに追われていたところをユリシスに救われたのが、知り合うきっかけになった。

友達がいなかったユリシスと、湖の都の長として崇拝《すうはい》されて歳《とし》の近い子と話せなかった華耶。お互いの暮らす領土が違い、敵同士であることがわかっても、二人が仲良くなるのに時間はかからなかった。

「それで……。だからあの時、わたしに声をかけたんだ」

「そうね。まあ、どうして仲良くなろうと思ったのかは、ユリシスしかわからないことね。本来なら、私とユリシスだって仲良くなれる関係じゃなかったから」

敵対関係にある湖の都の長の華耶。けれど、そんな彼女にもユリシスは手を差し伸べた。それがどうしてなのかは華耶にもフィーにもわからない。だが、こうして一緒にいられるのはユリシスのお陰《かげ》だろう。

それに、と華耶は言葉を続けた。

「ユリシスはね、自分の目の代わりに、フィーちゃんが見た景色を色々と教えてもらって共有したかったそうよ」

「だけど、メイドさんとか、執事さんとかいたよね？」

「……たしかに助けてくれる大人はいたわ。だけどみんな、ユリシスを憐れんでいたから、本当のことは教えてくれなかったそうよ。……要するに、都合の良いことしか言わなかったのよ」

雇《やと》い主の娘だから気を利《き》かせ、本当のことは言わない――。それをユリシスは知っていたから、大人ではない、フィーを住まわせたということか。

「だから、フィーちゃんは大人たちみたいに嘘《うそ》はつかず、ユリシスに本当の景色を教えてあげてね」

「それは、うん」

フィーは決して綺麗《きれい》な景色ばかりを見てきたわけではない。時には残酷な景色もあった。だがユリシスが望むのであれば、真実を全て伝える。それが、自分を救ってくれた、彼女への恩返しでもあるのだから。

そう考えていると、華耶はため息をつく。

「はあ、私も一緒に暮らしたいわね」

「……無理でしょ。華耶は湖の都の長なんだから」

「そうなのよね。だけど……ううん、そうよね」

華耶は何か言いかけて言葉を呑《の》んだ。おそらく彼女は湖の都の長という立場を望んでいない。けれどそこからは逃げられない。その思いは華耶にしかわからないだろう。

「でも、こうして一緒に遊べるから。ずっと、こうしていられるから」

フィーは華耶へ肩を触れ合わせるように近づく。すると、華耶は笑顔を浮かべ、抱きついてきた。

「……華耶、暑苦しい」

「もう、フィーちゃんは素直じゃないんだから。こうしてギューってされるの好きなくせに」

「そんなわけ――」

「あるでしょ?」

正面から見つめられ、フィーはこくりと頷いた。

「華耶!　フィーー!」

そんな時、ユリシスが、ペットたちに連れられてやってきた。

「二人で何のお話ししてたの?」

「ん、なにも。ただフィーちゃんをギューってしてたのよ」

「無理やりね」

「あー、いいなー、私もする!」

両側から二人に抱きしめられる。この温もりが、フィーは大好きだった。誰かに抱きしめられると、体温が感じられて、安心できた。

――敵対関係にあっても、華耶とユリシスとはずっとこんな日々が続けばいいな。

当時のフィーはそう思っていた。目の見えないユリシスに、フィーが自分の目に留まった景色を全てを教えて、湖の都を抜け出して遊びに来た華耶と三人だけが知る秘密基地で遊ぶ。

毎日が楽しくて、自分の生《お》い立ちが気にならなくなるほど幸せだった。

——それなのに。それなのに。それなのに。

そんな幸せは突如《とつじょ》奪われた。ユリシスとフィーと華耶の三人で少し遠くまで遊びに行った帰り道、高台から見える終の国の城下街は、禍々《まがまが》しい炎に包まれていた。

「どう、して……」

「フィー、華耶……どうしたの？　なに？　なにかあった……？」

巨大な炎で赤く染まった終の国の城下街が目に飛び込んできた。

「なんで二人とも、何も言わないの……？」

ユリシスは何が起きているのかわからなくても、今の状況が普通ではないことだけは感じ取っていた。二人の様子がいつもと違う。ユリシスの繋《つな》いだ手にどんどん力が入る。

三人の中でいち早く行動したのは、華耶だった。

「——フィーちゃん、私は彼らに止《や》めるよう伝えてくるから」

華耶は瞬時に湖の都の者たちが侵攻したと理解したのだろう。急いで城下街へと駆け下りて行く。

「フィーちゃん……お家《うち》、帰ろう」

「……」

フィーはユリシスの手を掴《つか》んだまま、燃え盛る城下街を一目散《いちもくさん》に駆けた。泣き叫ぶ無数の声に立ち止まることなく、逃げ惑《まど》う人たちに目もくれず、二人は屋敷へ向かった。

しかし到着した頃には、二人が過ごした屋敷は赤黒い炎に呑み込まれていた。窓ガラスは粉々《こなごな》に割れ、燃え上がる炎によって柱は焼け折れ、屋敷はもう原型を留めてはいなかった。焦《こ》げ臭いにおいと、灰《はい》と煙が風に乗って二人のもとまで届いている。

好き嫌いせず食べなさいとユリシスに叱られた食堂も、寝るまでたくさんの夢や景色の話をした子供部屋も、走って転んだ長い廊下も、三人でお喋りした花が咲き乱れる庭園も、ペットたちと遊んだ広場も。

全部。全部全部全部全部全部全部全部——

炎に包まれ、消え去ってしまった。

そこにはもう、何も残っていない。ただの灰になってしまった。その景色に、フィーは言葉を失った。

「——フィー、教えて。私たちのお家はどうなってるの？」

隣に立つユリシスは、不安そうに真《ま》っ直《す》ぐこちらを見ていた。

「それは……」

フィーは息を呑んだ。この状況を説明したくなかった。

ユリシスの家が燃え尽きている。跡形《あとかた》もなく、全て消えてしまった。そんなこと、絶対に言えない。大好きなユリシスを悲しませるだけだ。

「……帰り道、間違えちゃった」

震える声で、フィーは嘘をついた。絶対バレる嘘をつくしかなかった。

フィーはユリシスの手を引っ張る。けれどユリシスはその場から離れようとはせず、フィーに冷たく悲しい声で言った。

「……フィーも、みんなと同じで嘘つくんだ」

「──ッ!?」

その言葉が鋭くフィーの胸に突き刺さる。痛く、苦しい。だけど、ユリシスの悲しむ表情はもっと見たくない。だから黙ってしまった。そんな時、二人を目がけて四匹のペットが走ってくる。

白ウサギはエリザベス、黒猫はフェンリル、小鳥はフェニックス、ハムスターはゴルファス。

ユリシスが名づけたのだが、華耶は変な名前だと茶化して、フィーも恥ずかしくて呼ばなかった。その四匹のペットは、ユリシスのもとへ駆け寄ってくる。

そしてユリシスは四匹を抱えて、おぼつかない足取りでフィーから離れた。

「ユリシス？」

「フィーの嘘つき。フィーだけは、本当のことを教えてくれると思ったのに」

「それは……」

「──おい！　こっちにも人がいるぞ！」

フィーの言葉を遮るように、何者かがこちらへと近づき、一気に二人を取り囲んだ。刃物を向けるその姿を見て、湖の都の者たちだとすぐにわかった。

「――やめなさい！」

ジリジリと詰め寄ってくる大人たちの背後から、華耶の声が響く。

彼女は走ってきたのだろう、息を荒らげ、綺麗な白い頬《ほお》は煤《すす》で黒く汚れていた。

「彼女たちは……私の、友人よ。危害は加えないで」

フィーとユリシスに詰め寄っていた湖の都の者たちはゆっくりとその場を離れる。

――だが、この時の華耶の長としての権限は、そこまで大きくはなかった。

一本の火矢《ひや》が、ユリシスの足下に突き刺さる。それを見て、華耶は大声を張り上げた。

「やめなさい！　二人は私の友人よ！」

だが、華耶の訴えも虚《むな》しく、再び火矢がユリシスへ向けられた。

「ユリシス、こっちに来て！」

フィーは急いでユリシスの手を摑み、その場から離れた。

終の国と湖の都の争いは今に始まったことではない。敵は誰彼構わず襲《おそ》ってくる。老人であろうと、子供であろうと。長く続いた争いのせいで、理性が麻痺《まひ》してしまっているのだ。

逃げ出した二人に追っ手がかからないように、華耶が止めようとする声が背後で聞こえた。

残酷なこの世界で、華耶は幼い頃から長という重い十字架を背負わされてきた。彼女の立場で、終の国の者であるフィーとユリシスに肩入れしてはいけない。それでも生きてほしいと願って、逃げる時間を稼《かせ》いでくれているのだろう。であれば、フィーができるのは華耶に迷惑をかけないこと、そして、ユリシスを安全な場所へ逃がすこと。

遠くへ、誰にも見つからない遠くへ。

二人が行き着いた先は海岸だった。三人でよく遊んだ、どこまでも続く海。

フィーはそこで一隻《せき》の小舟を見つけた。

「あれに乗って逃げよう！」

ユリシスは何も言わない。しかし、悩んでる暇《いとま》などなかった。すぐそこまで、湖の都の者たちが来ている。

小舟を押して着水させる。

──早く……早く足がつかない場所まで移動しないと。

後ろに湖の都の者たちの姿が見えた。これ以上は無理だ。このままでは二人とも捕まるだけ。

しかし、片方が犠牲《ぎせい》になって連中を止めれば、一人だけでも逃げられる。

フィーは死を覚悟した。

「ユリシス、早く舟に乗って！」

フィーはユリシスを舟に乗せようと手を伸ばす。

「──ううん、乗らない」

ユリシスはフィーの手を払い、彼女の背中を押して、小舟へと乗せた。そして一緒についてきていた四匹も舟の中に放った。

「ユリシスどうして!?」

そして、彼女の細い腕がフィーの乗った小舟を力一杯、前へ押し出した。

魔力が込められた動力源によって進み始める小舟の上で、フィーはユリシスへと必死に手を伸ばす。

「ユリシスも早く！　こっち！」

しかし、ユリシスがフィーの手を掴むことはなかった。

「……こっちって言われても、わたし、目が見えないからわからないよ」

そう言ってユリシスは笑った。閉じた目蓋《まぶた》から涙を零《こぼ》すユリシスに、フィーは小舟を叩《たた》き音を鳴らして場所を伝える。四匹も主人を心配して鳴いている。

「こっちだよ！　ねえこっちだよ！　エリザベスも、フェンリルも、ゴルファスも、フェニックスも、みんなユリシスを待ってるんだよ！　だから……も、もしかして、さっき嘘ついたから怒ってるの!?　それなら謝るよ！　謝るから、ユリシスも早くこっちに来てよ！」

「……駄目だよ」

ユリシスは首を振った。

「誰か一人が残らなきゃ、捕まっちゃうよ」

そして、ユリシスはフィーに背中を向け、

「フィーが嘘ついたのは、私を悲しませないようにするためなの知ってるから！　だから気にしないで、フィーは生きてね！　私の大好きな――
――家族なんだから。」

ユリシスの最後の一言は風にかき消されてフィーには聞こえなかった。

彼女はたった一人、方向も定まらないのに走っていく。

決してフィーのもとへ向かわせないように――自らが犠牲となって敵の動きを止めるために。

迫る大人たちの体にしがみつき、突き飛ばされても、ユリシスはまた誰彼なしにしがみつく。

おぼつかない足取りで、彼女はフィーを逃がすために必死に戦った。

そんな主の姿を前に四匹は鳴き叫ぶ。そしてフィーは、声を張りながら小舟を止めようと魔力を動力源とするエンジンを操作する。

「止まって……止まって止まって止まって！　じゃないと、ユリシスが……ユリシス！」

どんどんその姿が小さくなっていくユリシスに必死に声をかけるフィーだったが、その声は届かず、微かに見えたのは、ユリシスが力なく倒れる姿だった。

小舟を動かすエンジンの操作方法を教わっていなかったことを嘆《なげ》き、フィーは、無情にもゆっくりと大海原を進む小舟の上で泣き崩《くず》れた。

そんなフィーを慰《なぐさ》めるように、四匹は彼女の側《そば》を片時も離れることはなかった。

「ユリシス……」

それからフィーは、共に主を失った四匹と一緒に、大陸を渡った。

命は助かった。けれど、フィーは以前のように笑うことはなくなってしまった。いつも心にあるのは、ユリシスへの後悔の気持ちだけ。

死んで償《つぐな》いたいのに、救ってくれたユリシスに申し訳なくてできない。生きていなければいけない。けれど、自分は幸せになってはいけないと感じた。

人形のように、ただただ時間に身を委《ゆだ》ねるだけ。

いつかユリシスが許してくれるその時まで、ただ永遠に――。


「……ごめん、こんな話、して――」

フィーは自分の辛い過去を、喉《のど》を詰まらせながらも話し終えると、膝《ひざ》を抱えた。

「いや、大丈夫だ」

なんて言ったらいいのか、エギルは言葉を紡《つむ》げずにいた。

湖のほとりで二人は並んで座っていた。

フィーの過去は想像以上に辛く、重く、悲しいものだった。そんな過去があったから、出会った頃の彼女はどこか人形のようで、何事にも無関心だったのだろう。

「……そのあと、わたしは一度だけ一人でここに戻って来た。だけど、もうユリシスは亡くなったって……華耶には、会えなかった。会いたくても、会っちゃ駄目だって、そう思ったの」

「そう、だったのか……華耶を怨《うら》んでたりは、していないのか？」

両国間においては争いが頻繁《ひんぱん》に起こっていた。しかし、こうなった原因は華耶たち湖の都にある。いくら友人だったとしても、ユリシスを失った原因であることに変わりはない。

だが、フィーは首を振った。

「こんなこと、この大陸ではいっぱいあったから……それに原因が湖の都だとしても、華耶は、わたしのことを家族のように接してくれた恩人だから」

「そうか……」

「ユリシスを亡くして辛いのは、華耶も同じだったと思う」

「そうだな。何て言ったらいいかわからない。だけど、そのユリシスは、フィーに幸せになってほしかったんだと思う」

「……うん」

「自分が犠牲になっても友達を救いたいと思える、優しい子だったんだと思う。……だから、一緒に墓参りに行こう。俺が、隣にいるから」

そう伝えると、フィーは膝につけていた顔を上げる。目元にはうっすらと涙が浮かんでいた。

「うん。ありがとう、エギル。今度はちゃんとお礼、伝えるから」

「ああ、そうしよう」

「――エギルさん、フィーちゃん、準備できたわよ！」

そこで華耶に呼ばれる。

「行こうか、フィー」

「うん」

エギルは立ち上がり、フィーと共に御殿《ごてん》に戻った。

◆

エギルと湖の都の一団は、湖の都から馬を走らせ、小一時間ほどで四つの地域を分断する大きな壁の前に来た。

終の国側の壁の門のところには警備兵がいるだろうと、エギルは思っていたのだが、そこには誰もいなかった。華耶曰《いわ》く、争いが起こると、警備兵が一番最初に狙《ねら》われるので、自然とその役割をなくしてしまったのだという。

その話を聞いて、エギルはすぐに納得できた。争いが多ければ領土を壁で分断しようが、警備をしようが、意味はないからだ。

エギルたちは無人の壁の門を抜け、終の国の領土へ入ることができた。それから森を抜けるとすぐ、終の国の象徴といえる要塞《ようさい》のような壁が目に入った。その中央付近に正門がある。

終の国は外敵に備えて高い壁でぐるりと囲われている。中心部に城がそびえ立ち、放射線状に城下街が広がっていた。

「あそこか……」

約五〇〇人の湖の都の兵の一団は森で控《ひか》えさせ、先にエギルたち三人だけで終の国の正門の様子を窺《うかが》っていた。

緊張からか三人の表情は硬《かた》く、口数も少なかった。

今回の目的は戦争ではない。狙うのは傀儡師の男と太陽と月のお面をつけた二人の少女だけだ。湖の都の兵はその戦いには一切手を貸さず、全てエギルが行うと決めていた。

これまでの戦いの中で、傀儡師が姿を現したことは一度もないことから、死人や騎士に指示を出すだけで自分は動かないタイプだと思われた。エギルは自身の経験からそういった人間は必ず安全な場所——王城にいると予想していた。

ただ王城までの間の戦闘で無駄に消耗《しょうもう》するのは避けたかった。

だからエギルは湖の都の兵たちに正門の周辺で騎士や警備兵の注意を引きつける囮《おとり》役になってもらい、その間にエギルとフィーと華耶の三人が、秘密の通路から終の国内部へと侵入するという計画を立てた。

「……俺が傀儡師を倒すまで堪《た》えてくれ」

死人や騎士の数に対し、湖の都から来た兵の数はあまりに少ない。堪えるだけでも厳しい戦いになるのは理解している。それでもついて来てくれてるのは、ここにいる者たち全員が何百年と続いているこの争いに終止符《しゅうしふ》を打ちたいと思っているからだろう。

——エギルが時間をかけずに傀儡師を倒すこと。

それが今回の勝利条件だ。

「……準備はいいか？」

華耶とフィーは同時に頷く。

エギルはフィーへと手を伸ばす。

「フィー、こっちに乗ってくれ。秘密の抜け道までの道案内を頼む」

「わかった」

フィーは自分の乗っていた馬から降りると、エギルの前に乗る。

「よし、行くぞ」

エギルたちは華耶と数名の側役《そばやく》の者と共に馬を走らせる。フィーと華耶の案内で森の中を進んでいくと、色とりどりの花が咲いた場所に到着した。

「エギル」

「エギルさん！」

二人が指差した方向には古い狩猟《しゅりょう》小屋があった。

「エギル、あの小屋の中に終の国の城下街に通じる地下道がある」

「これが……よく残ってたな」

「私たちしか知らないし、元々誰も使ってなかったから、そのまま残ってたんだと思うわ」

「なるほど。それじゃあ、向こうにも始めるよう伝えてくれ」

エギルが側役に伝えると、

「わかりました。華耶様もお気をつけて」

「あなたたちもね」

側役たちは湖の都の一団のもとへと馬を走らせた。

彼らが湖の都の兵たちが待つ場所へ到着したら、エギルたちは地下道に潜り、王城へと向かう段取りだ。

しばらくすると、正門の方から侵入者を知らせる鐘《かね》が鳴り響いた。騎士団が動き始めたのか、騒がしくなった。

三人は馬から降りて小屋の中に入った。布で隠された床板を外し、地下へと階段を下りた。

暗く湿気のこもった空気に、塵《ちり》が積もった石畳《いしだたみ》の通路。階段を下りてすぐに感じたのは、汚物のような臭《にお》いだった。

「下水道か……」

エギルが松明《たいまつ》の火を付けると、ちょろちょろと下水が流れていた。

「子供のときからあるけど全く補修されてないはずよ……たぶん、もう使われてないと思うわ」

「わたしたちが使ってた頃は、ここまでひどくなかった」

「なるほど。新しい地下水路を作って、古い方は埋めたといったところか」

臭いはきつく歩いてるだけでも息苦しかったが、それが、エギルたちにとっては良かったと思えた。足下に散乱する小石は誰も入ってきていないことを示している。これであれば人と出くわすこともないだろう。

「あとは終着点があるかどうかだな……」

二人の話では、この地下水路と貧民街が繋がっているということだったが、もし使われていないのであれば、その入り口は塞《ふさ》がれている可能性がある。

だが、華耶は「そこは大丈夫よ」と答えた。

「この下水道へ続く道はいくつもあるから、全てを閉鎖《へいさ》しているとは思えないわね。それに、下水が流れてるってことが、終の国の内部へ続く道があることを証明してるわ」

「それって、まさか……」

流れてくる下水をかき分けて出るのか、と聞こうとしたが、華耶がにっこりと微笑《ほほえ》んだのでエギルは聞かないでおいた。

それからは、あまり息をしたくないこともあり、会話もなく進んでいた。

やがて奥に明かりが見え、口元を押さえながらエギルたちはそこへ向かった。

「下水の中を進まなくて良かったな」

ようやく鉄製の梯子《はしご》が見え、そこを上がれば出られそうだった。

先にエギルが進み、その後を華耶とフィーがついて行く。そして、重い蓋《ふた》を開けると、太陽の光が降り注いでおり、三人は暗い場所に慣れた目を細めた。

「ここは……」

「城下街の中心部、かしら」

三人が出てきたのは立派《りっぱ》な屋敷が建ち並ぶ閑静《かんせい》な住宅街だった。

「ここから王城までの道はわかるか？」

二人に聞くと、頷いて走っていく。

終の国の住民は皆、屋内に避難しているのか、周囲に人はいなかった。遠くから大砲の音が響く。騎士や死人とは会わない。どうやら湖の都の者たちが注意を引きつけることに成功しているようだ。けれど、地下水路の出口を探すのに時間がかかったため、あまり長くは持たないだろう。

「あれか」

城下街を駆け抜けると、遠くに高い鋭角的な屋根が見えた。

「あれがここの王城よ。おそらくは、そこに傀儡師がいるわ」

「エギル、エリザベスに先行させる？」

「いや、大丈夫だ。自分の手を汚さない職業の者は、決まって安全な場所にいる。おそらくは玉座の間だろうな」

傀儡師という職業の者が先陣を切って戦うとは考えにくい。というよりも、もしそこまで強気な奴であれば、これまでの湖の都との戦闘で姿を現しているはずだ。

王城の門前には他とは違う武器を備えた騎士がいた。この中に〝守らなくてはならない重要人物〟がいるのだろう。

それを見て、エギルは呟《つぶや》く。

「死人は……やっぱりいないか」

「ええ、そうね」

「傀儡と化した人々が城下街を徘徊《はいかい》していれば、騎士や住民たちが不快に思うかもしれないからな……だが、襲撃《しゅうげき》を受けていたとき確認したが、死人の数は多かった」

「……私たちは、どこかに潜《ひそ》ませてると考えてるわ。そして、どこに隠してるかは……」

「王城……だな」

エギルは断言するように華耶とフィーに向かって言うと、二人も同じ考えだったのだろう、大きく頷いた。

襲撃があった時、傀儡師は自分の身を守るために死人をどこかに潜ませているはずだ。大勢の死人を潜ませるならば王城が適している。

そして予想通り、騎士が何人か持ち場を離れたかと思うと、代わりに王城から数名の死人が姿を現し、門の周りを徘徊し始める。普段ならば終の国の人の目に触れるこの時間帯に死人は出さないはず。今は向こうにとっても緊急事態で、厳戒《げんかい》態勢を敷いているのだろう。これ以上、ここを監視していても意味がない。

「よし、行くぞ」

エギルは走りだし、その後を華耶とフィーが続く。ここからは作戦なんてものはない、力ずくで押し入るのみだった。

「薙《な》ぎ払え――無限剣舞《エンドレス・ソード》！」

門の前に立ち塞がる騎士たち目がけて剣を召喚《しょうかん》すると、騎士たちや死人の陣形は崩れ、城の入り口へと続く道が開かれた。

「今のうちに入るぞ」

エギルたち三人は城内へと侵入し、すぐさま華耶が悪神九尾を召喚する。

「おいでおいで悪魔の魂《たましい》、貸して貸して悪魔の力、この地を守りし紅《くれない》の巫女《みこ》が願い奉《たてまつ》る。捧《ささ》げるは巫女の鮮血、喰《く》らうは狐《きつね》の化身《けしん》、刹那《せつな》たる願いをここに――封印《ふういん》解放――悪神九尾！」

門前で立ち塞がる悪神九尾のお陰で、外からの追撃を遮断《しゃだん》することに成功した。けれど、城内にいた騎士たちが現れる。

「華耶はここで待っていてくれ。上に行けば守ってやれないかもしれない」

エギルとフィーは襲《おそ》いかかってくる騎士や死人を近接戦でねじ伏せながら前へ進むが、悪神九尾を召喚してしまったら華耶自身の守りは手薄《てうす》になる。そうなった彼女を守りながら戦うのは難しくなるだろう。だが、華耶は首を横に振り、自らの指先を少しだけ切って、

「大丈夫、自分の身は自分で守るわ」

血の付いた手を振り払う。その血は、針に姿を変え、騎士へと突き刺さる。

「自らの血を武器にできる。それが九尾と契約した私に与えられた力よ。だから大丈夫。私も二人の力になれるから」

「わかった。それじゃあ、行こう」

「ええ。九尾は門の前に置いていくわ。そうすれば、外から追っては来なくなる」

そう言った華耶は悪神九尾に視線を向ける。

「九尾、ここはお願いね……私の血、好きなだけ飲んでいいから」

『ワオオオオッ！』

悪神九尾は飛んでくる矢を防ぎ、騎士たちを九本の尻尾で薙ぎ払う。

九尾の助けによって、少ない人数の騎士たちを相手にするだけで城内に入り込むことに成功した三人は、そのまま一気に最上階へと駆け上がった。

階段を上りきった先には、長く続く朱色の絨毯《じゅうたん》が敷かれた廊下が姿を現す。

しかし、そこは静寂《せいじゃく》に満ちていた。

「……罠《わな》か？」

その先にあるのは玉座の間への扉。あまりにも静かで、異様な雰囲気に呑まれてしまいそうだった。

「あそこで待つ、ということか」

玉座の間への扉はまるでこちらを誘っているように開いている。

罠だとわかっていても、躊躇《ためら》っている暇《いとま》はない。街の外では湖の都の者たちが奮闘《ふんとう》してくれている。しかしそれも時間の問題だ。

湖の都の住民たちは、エギルが傀儡師を倒し、何百年も続いた因縁《いんねん》に決着をつける瞬間を待っている。

「ようこそ、俺様の王国へ！」

部屋に飛び込むと、玉座に座った金髪の男は両手を広げ、エギルたちを冷たい笑顔で歓迎した。

男の隣には太陽と月のお面をつけた二人の少女がいて、その足元には頭上に王冠を据《す》えた小太りの男が力なく寝そべっている。異様な光景だが、エギルはこの状況をすぐに理解した。

「お前が傀儡師か……？」

エギルは金髪の男に声をかける。すると、男は脚《あし》を組み替え、頰杖《ほおづえ》をついてニヤリと笑った。

「ああ、そうだ。俺様が傀儡師、ガイ・フォザスタだ。貴様は？」

「俺は」

「――エギル・ヴォルツ。お主や我《われ》と同じ、Sランク冒険者じゃ」

エギルが名乗る前に、聞いたことのある声が響く。

振り返ると薄紫色《うすむらさきいろ》の髪を胸元まで伸ばし、赤い糸の刺繍《ししゅう》をあしらった黒いドレスの少女がいた。彼女はエギルに向けて笑みを浮かべた。

「レヴィア……お前も来てたんだな」

「うむ、少し用事があってのう」

ゴレイアス砦《とりで》侵攻戦の裏切り者、そして、闇ギルド《終焉《しゅうえん》のパンドラ》のメンバー。

彼女がいるということは、

「お前も、レヴィアと同じギルドの人間か」

ガイに言葉を投げかけると、彼はレヴィアを見てため息をつく。

「はぁ……なんだよ、レヴィアの知り合いかよ。んじゃ、交渉《こうしょう》といこうじゃねぇか？」

「交渉？」

「ああ、そうだ。このまま、その悪神九尾の女をこっちに引き渡してくれんなら、お前らを見逃す。報酬《ほうしゅう》だってたんまりくれてやるよ。どうだ？」

「……本気で言ってるのか？」

「ん？　ああ、本気本気、大真面目《まじめ》だぁ。んで、どうなんだよぉ？」

レヴィアを一瞥《いちべつ》するが表情は笑みのまま。どうやら本気のようだ。

「そうか。悪いが交渉決裂だ」

「はぁ？　なんでだよぉ？　テメェだって知ってるんだろう？　Sランク冒険者同士で争うのは、それはもう、この地がなくなるほど危険だってよぉ。俺は、ここが気に入ってんだよ。だから、あんまり争いたくねぇわけ。わかる？」

「ああ、ここが壊れるかもしれないな」

「だったら――」

「だが、華耶をお前に渡す選択肢《し》はない。ここでお前を殺して、全てを終わらせるからな」

エギルは生成した剣をガイへと飛ばす。

さっきまでの笑顔はかき消える。

「……受け止めろ、下僕《げぼく》」

仮面の少女二人が突如ガイの盾《たて》となり、刀《かたな》を弾《はじ》いた。

エギルは追撃しようとしたが、

「エギルさん！」

王座の間にぞろぞろと死人の群れが現れる。

その全員がガイの前に群がるように立ち塞がる。

「交渉決裂なら仕方ねぇ。それに、テメェの死体が手に入れば俺様の下僕軍団は更《さら》に強くなるしなぁ！　行け、俺様の下僕ども！」

その瞬間、太陽と月のお面の少女二人はトンっ、トンっ、トンっ、と高く跳《と》ぶと一気にエギルとの距離を詰め、どこか異質な感じのする武器を振り下ろす。

その時、レヴィアの声がした。

「エギル。その二人は殺すな。後悔するぞ」

「――ッ!?」

思わぬレヴィアの言葉に慌てて攻撃を避《よ》けて距離を取る。レヴィアの表情にはなにか含みがありそうだった。

「どういうことだ、レヴィア!?」

「我の口からは言わぬ。ここでは敵だ。だが、その二人を殺せばお主はずっと後悔する。そして、お主の大切な者は苦しみ続けるのじゃ」

「どういう――」

二人の正体はエギルにはわからない。しかし、

「……こいつらは俺がやる。フィーと華耶は死人を頼む」

レヴィアは無駄なことを言わない。時間稼ぎでこんなことは言わないはず。二人の少女の攻撃を躱《かわ》しながら、エギルは華耶とフィーから距離を取り、必死に頭の中で考えを巡《めぐ》らせた。

死人を相手にしているフィーは拳《こぶし》を握り、華耶は自らの血で戦う。だが、死人の数は減ることなく次々と王座の間に入り込んでくる。死ぬことのない体で死ぬまで戦う。操り人形のように、魂はそこにないのに、何かに取り憑《つ》かれたかのように動いている。

「あいつを止めないと駄目か」

傀儡師ガイはまるで闘技場の死闘を見物しているかのように楽しげだった。こいつを倒さなくては戦いは終わらない。しかし、二人の少女がエギルの行く手を阻《はば》み、これ以上近づけない。二人の少女と、フィーたちと死人の戦いを交互に見ながら、エギルは必死に思考を駆け巡らせる。

エギルは二人の刀と小刀《しょうとう》の動きを見極《みきわ》めながら、自ら剣を振るい、なおかつ背後から剣を召喚し、襲わせる。だが、二人の少女は難なくそれを避ける。

実力も経験もエギルのほうが遙《はる》かに上なのに突破できない。レヴィアの言った「後悔する」という言葉が頭から離れず、少しばかり躊躇いが生まれ、全ての力を開放することができない。

操られてる死人からは何も感じない。だが生きた者を相手にすると、呼吸、筋肉の動き、匂《にお》い、それに時間が経てば経つほど二人の体温をはっきりと感じる。

生きた人間を殺す。

そんなのは戦場なのだから当然。殺さなければ殺される。だから殺《や》る。そうすべきなのに、エギルは殺さずに二人を止めようとしてる。それがどうしてなのかわからない。

「叶えるんだ――」

「――叶えるのです」

この二人の声が、エギルに誰かを思い出させる。ずっと身近にいた誰かを。優しくて、力強くて、たまに泣き虫な誰かを連想させる。

靄《もや》がかかったようにそれが誰なのかわからない。けれど、エギルはレヴィアの言う通り、二人を殺せば後悔すると直感的に悟っていた。だから心臓を狙う攻撃を止《や》め、その素顔を隠した異様な月と太陽のお面に狙いを定めた。

二人の猛攻を防ぎ、隙を見つけ手を前へ伸ばして、太陽の仮面を剝《は》ぎとった。その次は月の仮面を。

――素顔が、見えた。

整った綺麗な顔つきが、はっきりと。そして、二人の少女は泣いていた。

――あの日の彼女のように。

「……セリナ……?」

少女の顔はセリナととてもよく似ている。

レヴィアがどうして殺すなと助言したのか、その理由がわかった。この二人を殺せば、エギルはもう、みんなのもとへ、彼女のもとへ帰れない。

「名前は……お前たちの名前を、教えてくれないか？」

攻撃の手を止めて聞く。すると、二人は素直に名乗った。

「──クロエ・マーベリック」

「──シロエ・マーベリック」

その名前を聞いて、嬉しさと、悲しさが同時にエギルを襲う。

「そう、か……そう、だったのか……」

「……だ……からどうした」

「あなたにはここで死ん……で……もらいます」

二人は解けきっていない洗脳のせいで戦意を取り戻し、再び武器を手に、こちらへ走ってくる。

だからエギルは武器をしまい、笑顔を二人に向ける。

「──セリナ・マーベリックが二人を心配してる。一緒に帰ろう」

「「──ッ!」」

その瞬間、二人は武器をその場に落とした。

「どうして、おねえちゃんのこと……」

「も、もしかして、あなたがお姉ちゃんをさらった奴隷商人なのですか!?」

「違う。セリナは俺の大切な女性だ。今は安全な場所で暮らしている。彼女から二人の話は聞いてる。同じ奴隷商人に捕まったが、逃がすことができたって。だけど会えてないって。心配だって言っていた。……俺を信じてくれ、絶対にセリナのもとに帰す」

クロエは動揺していた。おそらくそれは、月の仮面のシロエも同じだろう。だからエギルは手を伸ばす。だが、

「――おい下僕ども！　何をしてる、さっさとそいつを殺せ！」

ガイは左手を前に出して指示を出す。その瞬間、クロエとシロエは何かに縛られたように全身を硬直させ、落ちていたお面に手を伸ばす。その時、レヴィアの声が響く。

「エギル！　そのお面を壊すのじゃ。それがあるかぎり傀儡師の強制力は完全には消えぬ」

「おい、レヴィア！　テメェ、俺様を裏切るのかッ!?」

「我とお主は同じギルドでも、仲間ではないのじゃ。我は目的に近づける方に味方する。今はそれがエギルなだけ。エギル早くするのじゃ！」

レヴィアに言われ、エギルは落ちている太陽と月のお面へ向けて剣を生成する。太陽のお面を割ることには成功したが、月のお面は術の解けきっていないシロエのもとに戻り、彼女は再びエギルへと小刀を振るう。エギルは咄嗟《とっさ》に剣で防ぐが、その押し込む力は強く、少女の力ではない。

「シロエ……止めて……！　おねえちゃんを知ってる人がいたんだから、もうあの男に従わなくていいんだよ！」

クロエの言葉にシロエの肩がびくりと跳《は》ねるが、身体《からだ》がいうことをきかないようだった。そ

れを見て、ガイは苛立《いらだ》ちを含んだ表情をクロエへ向ける。

「……チッ、片割れは制御《せいぎょ》できなくなったか。だがいい、全ての力をそいつに与えてやれば問題はない」

ガイは落ち着きを取り戻したように、シロエへ指示を出した。

「……おい下僕、その男を殺せ」

傀儡師の力で言葉を封じ、自由を奪い、エギルを殺すよう強制する。

心が消えた。そんな気配すら感じる。だが、シロエのつける月のお面の隙間から、一筋《ひとすじ》の涙が流れるのが、エギルには見えた。

セリナと会えると知って嬉しかったのだろう。なのに心が少しずつ支配され、セリナへと続く道を、自らの手で塞ごうとしている。

「俺が終わらせる」

エギルは召喚した剣にシロエの相手を任せ、玉座で指示を出すだけのガイに向かって歩き出す。

その表情は、きっと誰にも見せられないほど恐ろしいものだったのだろう。ガイの全身がビクッと大きく反応して、慌てたように声を飛ばした。

「おいおい、お前の相手はその女だろ……おい、シロエ！　そいつを止めろッ！」

ガイの叫びでシロエは糸に引かれたように一気にエギルとの距離を詰めると、小刀をエギルの背へ振り抜く。速さのある斬撃《ざんげき》。だが、エギルは振り返ることなく召喚した剣で弾き返す。何度も何度も、シロエの猛攻を防いでいく。

玉座の間に金属音が響き、エギルの歩んできた道には多くの剣が散乱する。シロエはエギルの足を狙い、毒が塗られた飛び道具を飛ばすが、それすらもエギルの前で軽々と散った。

もう誰にも彼を止められない。

先程までの余裕ぶったガイの表情は、脅《おび》えたようにどんどん歪《ゆが》んでいった。

「こいつ、同じSランク冒険者じゃないのかよッ！　くそっ、おい死人ども、俺を守れッ！」

ガイは周囲で倒れていた死人や、控えさせていた死人をエギルへと向かわせる。

「お前が……」

大勢の肉塊《にくかい》を壁にするガイ。

死人を傷つけないように剣の柄《つか》で押しながら進んでいく。

エギルの心は、怒りに支配されてるのに、どこか落ち着いていた。

いつも以上に周囲がよく見える。

シロエが襲ってこようが、死人の壁が作られようが、エギルは全てを薙ぎ払う。

彼をそうさせているのは、人を操り人形にして、自分は高みの見物をする、この醜《みにく》い男を必ず殺すという強い意志。

「ま、待てッ！　交渉だッ！　もう一度、交渉しようッ！」

玉座の背もたれを押すように身を引くガイだが、エギルは何も答えない。

「さっきよりも好条件だ！　なっ⁉　なっ⁉」

玉座から転げ落ちたガイは腰を抜かして動けない。それでもエギルは何も答えない。

「だから待てって！　俺を殺しても──」

「──もう喋るな」

その眼差《まなざ》しは冷たかっただろう。全身から大量の汗《あせ》を噴《ふ》き出す男の胸ぐらを摑み上げ、エギルは彼の望みを絶つ。

「俺はお前を殺す。それは変わらないんだから」

──そして、エギルは肘《ひじ》を引き、持っていた剣をガイの首へと突き刺した。

「ま、待てッ！　ま──あ、ぐッ……あ、ぁあ……」

肉を貫《つらぬ》く感触と、骨に剣先がぶつかる音が同時にして、全身大量の返り血を浴びた。熱を含んだ血なのに、顔に付着したそれは冷たい。だがそれすら、エギルは感じていない。

──ただ心にあったのは、あの日、全員でパーティーを開いた時にセリナが見せた、二人の妹に会いたいと言った、悲しい表情だけ。

もうあんな顔を見たくない。ただセリナには、笑っていてほしい。それしか思わなかった。

そして、息のしなくなったガイをその場に下ろすと、背中から華耶に声をかけられた。

「エギルさん……」

「これで終わった……」

彼女を安心させるように笑顔を作ったが、ちゃんとできていなかったのだろう、華耶は引きつるような笑顔を浮かべるエギルを抱きしめた。

「……どんな因縁があったのかは、私にはわからない。だけど、エギルさんの表情が辛そうなのは、私にもわかるわ」

「そう、か……だけど大丈夫。これで、彼女が喜んでくれる」

エギルは血が付いた手で華耶を抱き返すのに躊躇いを覚えたが、そんな彼を、華耶は気にせず、抱きしめさせようとする。

傀儡師がこの世を去ったことによって静かになった玉座の間では、クロエとシロエが抱きしめ合って、泣いて喜んでいる声が響く。

これで全て終わったんだと、エギルはそう思っていた。

王座の間にいた死人たちは傀儡師の術から解かれ、力なく倒れていた。

その中で、フィーが、傀儡師を失って動かなくなった死人の一人を抱きしめ、力なく座っていた。その死人に、二匹のペットが顔を擦《こす》りつけている。

「……フィー」

「……エギル」

フィーは泣いていた。それを見て、この死人がフィーの元主であり親友であり、そして家族だった、ユリシスという少女だとわかった。

「フィーちゃん、ごめんね……ユリシスが死人になってること、隠してて……」

エギルの隣に立つ華耶は涙を流して謝った。

「……なんとなく、そうだと思ってた。わたしを心配して、隠してくれたんでしょ？」

「フィーちゃん……」

「大丈夫。大丈夫だから。ユリシスに嘘をついた時のわたしと、一緒だから。……ねえ、ユリシス」

腐食していない死人だったから、フィーや華耶は、彼女がユリシスだとわかったのだろう。もしも白骨化した肉体であれば、見分けがつかなかったはずだ。

それが良かったのか、悪かったのか、エギルにはわからない。

「ユリシスに、あの日のことを謝りたかった」

フィーは涙を流しながら、あの日の想いを告げた。

「わたし、ユリシスの心が綺麗だから……本当のことを言ったら、悲しむから……だから、言えなかった……悲しんでほしくなくて嘘をついたの……ごめん、ごめんなさい、ユリシス……」

そして、フィーは泣きながら笑いかけた。

「わたしを助けてくれて、ありがとう。わたしを拾ってくれて、ありがとう。わたしを……家族だって言ってくれて、ありがとう、ユリシス」

何度も何度も、フィーはユリシスにありがとうと伝えた。

言いたかったことはもっとあっただろう。だけど、何よりそれが、ずっとフィーが抱いていた、ユリシスへの想いなのだろう。

エギルと華耶は、ユリシスを抱きしめたフィーが泣き止むまで、ただただ安心させるように、隣に座って背中をさすっていた。

◆

エギルたち湖の都の者たちは終の国に拘束されていた全ての死人を湖の都へ移送した。

湖の都に残っていた者たちは家族や友人、最愛の者の帰りを静かに迎えた。

そして、その日の夜。全ての死人を火葬し、亡き者を天へ送る儀式を執《と》り行った。送り火が湖の都の空に昇っていった。住民たちはお祭りのように酒や料理を堪能《たんのう》しながら、一晩中思い出話に花を咲かせ、笑っていた。

シロエとクロエは華耶の御殿でひっそりと彼らを弔《とむら》った。

エギルたちが湖の都へと戻る途中、シロエとクロエがどうして闇ギルドの門をくぐったのかを、二人は自分たちの口で説明してくれた。

二人は奴隷商人の手を逃れた後、セリナを救ってくれる者を探していたという。けれど、誰一人救いの手を差し伸べてくれる者はおらず、力を得るために冒険者となろうとしても、年齢のせいで門前払いされた。奴隷商人を殺して姉を救ってほしいというクエストを依頼しようとしたが、そもそも、人殺しは受け付けていないので、それも駄目だった。途方に暮れた二人は、闇ギルドなら、その依頼を受けてくれるという情報を聞きつけ、闇ギルドの門を叩いた。

『救いたい人がいる』『殺したい奴がいる』と、気持ちのこもった言葉で訴えたが、レヴィアの所属するギルドのリーダーは、加入を許さず、また、二人が無一文《むいちもん》だったことから、クエストとしても受領しなかった。

しかし、二人は諦めなかった。どうにかしてセリナを助けられないかと。そんな二人に目を付けたのが、傀儡師のガイだった。

彼は二人に力を与える代わりに、傀儡として、二人の自由を奪った。

そのために用いたのが、太陽と月のお面だ。あのお面は、二人の力を増大させる代わりに、術者、つまりは傀儡師ガイに絶対服従させるというもの。

そうしてガイの傀儡となっていたシロエとクロエだったが、エギルによってそのお面は破壊され、自由の身となったのだ。

「エギル！　おねえちゃんは元気!?」

「ああ、元気だぞ」

「早く会いたいですね、お姉ちゃんに」

二人はエギルの側で、セリナの話題に花を咲かせる。

――人を疑わない心。

それが原因で傀儡となっていたが、二人が卑屈《ひくつ》にならなくて良かったとエギルは思う。

「そういえば、レヴィアがここに来てた理由を二人は知らないか？」

レヴィアの目的は今もって謎だった。だが二人は首を振る。

「わかんない。アタシたちがギルドにいた時から、レヴィアは誰とも話さなかったから」

「ですね。同じギルドでも、仲間ではない……そんな感じでした」

目的のためならギルドの者も利用する。利害が一致しなければ争うことも厭《いと》わない。二人が初めて出会った時、そう言っていたという。

「あっ、でも！」

だが、クロエが何かを思い出す。

「エギルのことを話したら、レヴィア、少し嬉しそうだった」

「俺の？」

「そうでしたね……それに、何か言ってましたね。なんでしたか……えっと」

そして二人は同時に思い出し、

「「目的に近づいた」」

そう、レヴィアが言っていたらしい。

「それはどういう意味なんだ？」

「んー、わかんない！」

「詳《くわ》しく聞いても答えてくれるような方ではなかったですから」

そう言った後、二人は「お腹《なか》が空《す》いた」と華耶のもとへ走っていった。

シロエとクロエが操られていたことは全住民に説明した。二人は華耶を狙えとガイに命じられていたため、誰一人として人を殺《あや》めてはいない。それは住民たちも知っていて、シロエとクロエを優しく受け入れてくれた。

おそらく死人では華耶を連れて帰るのが無理だと悟ったガイが、二人を使うことを思いついたのだろう。

そして、二人が華耶や湖の都の住民たちから温かく迎え入れられているのを見て、エギルはフィーのもとへ向かった。

「フィー、みんなのとこに行かないのか？」

フィーはみんなから距離を取って、近くにある森の中で、二匹の家族と共に黄昏《たそがれ》ていた。

その目の前にはユリシスの墓があった。

泣き止んだとはいえ、いつもより元気がないように感じた。

「……」

「俺はいない方がいいか」

　そう思って戻ろうとしたエギルの手を、フィーは握った。

「ううん、いて。後ろに座って」

「後ろ？」

　言われるがまま後ろへ座ると、フィーはエギルの手を掴んで、抱きしめさせるようにした。

「フィー？」

「昔から、こうされるのが好きだった。ユリシスにも、華耶にも、恥ずかしくて言えなかったけど」

「そうなのか」

　エギルにとっても初耳だった。

「もっと強く、抱きしめて」

「わかった。痛かったら言えよ」

　フィーの身体を抱きしめる。

　どんなに力を入れても、フィーは「もっと」と言ってくる。

　寂《さび》しいのだろう、エギルはそう思う。

「ユリシスは、いつも優しくしてくれた。こうして生きてるのも、きっとユリシスのお陰。それなのに、わたしは何も返せなかった」

「そんなことはないだろ。ユリシスに、色々な景色を伝えた。それはきっと、彼女には何より嬉しかったと思うぞ」

「そう、かな……」

「ああ、そうだと思う。じゃないと、彼女は自分の命を擲《なげう》ってまで、フィーを逃がしたりしなかっただろ」

そう伝えると、フィーはこくりと頷いた。

「ちゃんと彼女に返せた。そして、ユリシスが望んでるのは、フィーが悲しむことじゃないと思う」

「え？」

「彼女はきっと、自分の分までフィーに幸せになってほしかったんだろ。……フィーは今、幸せか？」

後ろから抱きしめたフィーは顔だけをこちらに向ける。考えているのか、しばし沈黙が生まれるが、フィーは少ししてから答えた。

「……ずっと、幸せになっていいのかわからなかった。ユリシスに救われて、自分だけがって……だけど、もしユリシスがいいって言ってくれるなら、幸せだって、そう答えたい」

「そうか。きっと彼女もそれを望んでる。自分の分まで、幸せになってほしいってな」

「そうだね。ユリシスがくれた命だから、わたしはこれから、ユリシスの分まで幸せに生きたい。ユリシスがそう望むなら」

フィーはエギルと見つめ合い、笑顔を見せるが、目じりからまた涙が流れた。

「わたし、エギルと出会えて良かった。もし出会えなかったら、わたし、こうしてユリシスのところへ来れなかった。だから、エギル、ありがとう」

心からの言葉だったに違いない。それはエギルが彼女と出会って初めて見る、美しい笑顔だった。

「ああ、俺もだ。だからこれからも、ずっと一緒にいよう。俺がいつでも、こうして抱きしめてやるから」

「うん、そうして」

目の前の墓に手向《たむ》けられた花がゆらゆらと風に揺れる。ユリシスも喜んでいるのだと思いたい。彼女が守ったフィーが、笑顔を見せられるようになったことを。

それから二人は無言で、エギルはずっとフィーの身体を抱きしめていた。

華奢《きやしや》な身体に、透き通るほど綺麗な水色の髪。隣を歩くことはあっても、後ろから抱きしめるなんて今までなかったからか、エギルはいっそう愛《いと》しさを感じた。

「そろそろ冷えてきたな。戻るか？」

「うん。だけど御殿に戻る前に、ユリシスに一つだけ報告したい……」

そう言ってフィーはユリシスが眠る墓石を見つめ、笑顔を浮かべた。

「ユリシス……わたしは、隣にいてくれるエギルが……好き」

小さな声で、けれど、ユリシスに伝えるようにフィーは言葉を続けた。

「ユリシスも、華耶も、好き。だけどエギルは、違う意味の好きだと思う。この人と一緒にいたいって、今はそう願ってるの」

——だから、と告げてフィーは立ち上がった。

「見守ってて、ユリシス。わたしはこの人の、これからの人生を隣で見てくるから。ユリシスに見せたかった綺麗な景色を、彼と一緒に見てくるから。だからわたしを、エギルを、見守ってて。今までありがとうね。わたし、幸せになるから——」

フィーは目元を拭《ぬぐ》いながらエギルの手を引いて、森の中を奥へと進む。

エギルは何も言えなかった。というよりも、ここで何か言うべきではないと思った。けれど、宴《うたげ》の喧騒《けんそう》から離れ、静かな場所へ誘われるエギルの心は、どこか温かく感じられた。

そしてフィーが足を止めると、そこはエギルとフィーの二人っきりの世界のようだった。

「……フィー」

「エギル、わたしは……エギルが好き」

真っ直ぐな視線を向けるフィーの頬は暗くてもわかるほど赤く染まっていた。だけど、恥ずかしくても視線を背《そむ》けることなく、彼女は言葉を続けた。

「今まで、こんな気持ちになったことなかった。だけど……ずっと側にいたいって。エギルの隣にいたいって……わたしの幸せは、きっとエギルといることだと思う。だから——」

エギルはフィーを抱きしめる。

最後まで聞くことはなかった。彼女にその続きを言わせたくなかった。だから自分から彼女を抱きしめて言った。

「俺も同じだ。フィーが好きだ」

「ほんと？　……よかった」

抱き返してくれたフィーは、嬉しそうに声を弾ませる。

「だから俺と一緒に、未来を歩んでほしい。隣で、ずっと……」

そう伝えると、フィーは体を離して、笑顔で返事をしてくれた。

「はい、喜んで……」

互いが互いを想い、より強く求める。だからエギルはフィーへと顔を近づける。

彼女もまた、目蓋を閉じてエギルを受け入れた。

「ん……ちゅ」

閉じたままの唇《くちびる》を、エギルは奪い、何度も重ねた。

体温が唇から伝わり、涼しい風さえ感じないほど二人の体温が上がっていく。

「エギル……ん、ちゅ……エギルっ」

エギルが髪を撫でると、フィーはエギルの腰に回した手に力を込める。

何をするのか、何がしたいのか。これ以上の言葉は二人にとって不要だった。

エギルは顔を離して、

「舌を出してくれるか？」

「ん、こう……？」

舌を出すフィーの唇を奪い、舌を絡《から》ませる。

最初こそ驚いて目を見開いていたフィーだったが、だんだんと慣れてきたのか、再びそっと目を閉じ、自分からも舌を絡めようとしてくれる。

「ちゅ……う……んっ……」

ぎこちないキスでも、フィーがしてくれることはどんなことでも嬉しく感じる。そう思えるのは、出会った頃の人形のような、心を持たないフィーを知っているからだろう。

手を伸ばし、服の上から乳房を揉《も》み上げる。

「ん、エギル……おっきくない、から……ん、ちゅ……触っても、つまらない、よっ……んっ」

「そんなことはない」

控えめだと言ったフィーの乳房は服を着たままではよくわからないが、柔らかな感触は、手のひらにはっきりと伝わる。

「エギル……待って。座りたい……足に力が、入らないから」

肩を叩かれ顔を離すと、フィーの息は荒かった。草むらに二人は座り、エギルはフィーの身体を抱きしめる。

た。


「寒くないか？」

夜になるにつれ風は冷たく感じられた。

「うん、大丈夫……エギルの身体、あったかいから。……だけど、服は脱ぎたい……エギルに直接、触れたいから」

フィーは答えながらローブ以外の服を脱いでいく。その表情に恥ずかしげなところはなかった。

「恥ずかしくないのか？」

「ん、ない。エギルには、見てほしいから」

そう言われエギルも服を脱ぎ捨てる。互いに肌を隠すものがなくなると、フィーは向かい合って座った。

「そうか。それじゃあ」

再び舌を絡めながらキスをする。フィーも自ら絡め、両手をエギルの首へと伸ばす。

これまで無表情だったフィーとは別人に思えるほど、漏れる声は可愛《かわい》く、その表情には蕩《とろ》けるような色っぽさがあった。そんなフィーの姿を見て、エギルは自分が興奮《こうふん》しているのがわかった。

左手は乳房を揉み上げ、右手は秘部へと吸い寄せられる。

「んっ、ぁあ……」

控えめに漏らした喘《あえ》ぎ声が耳から入って全身に伝わり、さらにエギルを高ぶらせる。

「あっ、んっ……エギル、そこ……」

「ここか？」

膣口《ちつこう》の少し上にある突起物を指先で弄《いじ》ると、フィーはより大きく声を漏らした。

唇が離れ、舌先から垂《た》れる唾液《だえき》が橋を作る。フィーは太腿《ふともも》を震わせながら、エギルへと切なそうな眼差しを向ける。

「も、もう……いい、よっ……して、いいから」

もう挿入《そうにゅう》していいよと言っているのだろう。けれど、エギルはその願いを聞かず、左手を彼女の濡れた部分へと伸ばす。

「いや、まだだ。挿《い》れるなら、ちゃんと気持ちよくなってほしい」

「えっ、あっ、んんっ……ダメっ、もう、いいから……っ！」

サラサラとした水分と、湿った感触が生まれる秘部へ指を触れさせると、フィーの瞳《ひとみ》がいっそう切なげなものになる。だけどまだ駄目だ。このまま挿入して、初めての性行為を痛みばかりの辛い記憶にしたくはない。エギルは少しでも痛がらないように彼女の膣穴へと指を挿入させた。

「ん……っ、はあっ……エギルっ、エギル……っ！」

フィーの初めて異物を受け入れる穴は狭く硬く閉ざされていた。

「もう少し脚を開いてくれ。挿れたときに痛くならないようにしたいんだ」

「だけどっ、んあっ……これ、変だからっ……ああっ！」

フィーは違和感に堪え、両脚を広げて指が出入りしやすいようにしてくれた。なので、エギルは膣内へと挿入した指を動かし、膣肉を擦るように刺激していく。

「はぁ、んん、あっ……それ、気持ち、いい、かもっ……」

痛がらないように敏感な部分を軽く刺激していくと、息を荒くさせたフィーは、微かに腰を突き上げるようにして、気持ちいいと言ってくれた。

「そうか、良かった。じゃあ、もっとするぞ」

「う、うんっ……し、してっ……キスも、してっ……」

自ら舌を絡めてくるフィーの表情は、どこか甘えてくる猫のようだった。

「エギル……わたしのこと、好きっ？」

「ああ、好きだ。フィーが俺の指で気持ちよくなってくれると嬉しいんだ」

「そっ、か……よかった……わたし、いま、気持ちいいよっ……エギルの指、気持ちいいっ……」

フィーはエギルに甘えるように、初めて自分から欲した男の身体に触れていく。

身体を密着させたまま息を荒くさせる二人。エギルは乳首を指先で摘《つま》み、膣内からピチャピチャと水音を響かせる。

「エギル……好きっ……」

フィーは理性のたがが外れたかのように、エギルの首元に舌を這《は》わせ、

「……もっと、気持ちよくして……わたしも、エギルにしてあげる、から……」

舐め上げてくる。猫のように何度も上下させる舌は温かく、エギルの背筋《せすじ》がビクッと反応する。エギルにとってフィーが積極的に何かをしてくれるのは嬉しかった。けれど唐突《とうとつ》な行動に疑問を感じた。

「フィー?」

「あっ、どう、したの……?　いや、だった?」

「そういうわけじゃない。ただ急だったから驚いたんだ」

「そっか……」

けれど、フィーは舐めるのを止めない。それどころか、自分の下腹部あたりに触れていた肉棒を触りながら、笑みを浮かべた。

「わたしだって……女だから。好きって口にしたら、止まらない……こんな気持ち、初めてだよ……だから、わたしがこうすることでエギルが喜んでくれたら、嬉しい。それに……甘えたい、から」

最後の言葉は口にするのが恥ずかしかったのか、声が小さくなり、フィーは俯きながら逆手に持った肉棒を優しく扱《しご》き始める。

「フィーは甘えたいのか」

「……うん、だって……ずっと、一人だったから。こうして抱きしめられるのも、エギルがわたしにしてくれることも、好き……今だけは、甘えていいでしょ？」

上目遣《うわめづか》いでそう聞かれ、エギルは嬉しく思った。

「だから、お願い……もっと、わたしの身体に、触って……わたしも、気持ちよく、させるから……」

子供っぽさを持ち合わせながら、どことなく誘惑するような言い方に触発され、エギルは膣内を責める指に神経を集中させた。全身を密着させながら、膣内に溢れる愛液を掻《か》き出すように指を動かしたり曲げたりすると、彼女は嬉しそうに、幸せそうに声を漏らす。

「あ、ふっ……あ、ああっ……気持ち、いい……っ！　きもちい、いよっ……あ、ああっ、んん……っ！」

指先が動くたびに、フィーは身体を震えさせる。その姿を見て、エギルは耳元で囁《ささや》く。

「もう、挿れていいか……？」

そう聞くと、フィーはこくりと頷いた。

「うん……後ろからギュッてされながらが、いい……やだ？」

「いや、フィーがいいならそれで構わない」

背中から抱きしめられる体勢が好きなのか、フィーはエギルの返事を聞くと嬉しそうにしていた。

エギルは座ったまま、フィーを迎える。

「挿れるぞ」

そう伝えると、フィーはゆっくり腰を下ろしながら、

「うん、だけど強く、抱きしめながらがいい」

エギルの両手を自分の腰に絡ませる。本当に抱きしめられるのが好きなんだなと思う中、エギルの屹立《きつりつ》した肉棒に膣口が触れ、そのまま温かい膣内へと挿入されていく。

「ん、はあっ……はいって、んあ……っ！」

ぬちゃといやらしい水音を響かせながら、先端が狭い膣内へと入っていく。

既にどろどろになった膣内は亀頭《きとう》を包み込み、吸いついてくる。そしてフィーは空を見上げるように顔を上げると、エギルの膝に手を置き、全身を震わせた。

「大丈夫か？」

「う、うん……平気……なんか、へんなかんじ、だけど……」

「このまま奥まで挿れるぞ」

フィーの様子を窺《うかが》いながら、キツく狭い肉のヒダをかき分けるように進むと、反発するような感触が先端に触れる。ここがなにか、それはわかる。そこを突き破るように、もっと深い場所で繋がるように、肉棒を押し当てた。

「っあ、ああっ……んん！」

「痛いか？」

「痛く、ないっ……痛くないっ、からっ……止めないでっ！」

痛いと言えばエギルが止めてしまう。だから、フィーは首を振って受け入れる。見せようとしない表情は痛みを我慢《がまん》してるものだとわかった。

「もう少しだからな、フィー」

エギルはフィーの全身を強く抱きしめながら、根本まで肉棒を挿入すると、前屈《まえかが》みになったフィーにキスをする。

「最後まで入ったぞ」

膣口からは初めての証《あかし》である赤い血が流れ出ていた。

「ん……ちゅ……あっ、ちゅ……うん、わかる。エギルのが、膣内でピクピクしてる」

舌を絡ませたフィーの息は温かく、唾液が口の端から垂れる。

不思議な達成感と、一つになれた幸せは、おそらくフィーも感じてくれているだろう。二人は繋がったまま、何度も何度も、キスをした。

そして少し落ち着いたのか、フィーはクスッと笑みを浮かべる。

「……エレノアとセリナの気持ち、少し、わかった気がする」

「ん？」

「エギルに抱かれると……んっ、落ち着くの……ずっと、寂しかった、から……エギルの身体、大きくて、温かくて……安心する」

幸せそうな笑顔を浮かべたフィーは唇を離すと、体重をエギルに乗せたまま、また顔を近づけて伝える。

「もう、動いていいよ……この体勢、辛いでしょ？」

フィーが痛くないよう、なるべく腰を動かさないようにしたこの体勢は確かに辛い。

「いいのか？　痛くないか？」

「大丈夫。それに痛みも、受け入れるから」

フィーに言われ、エギルはゆっくりと腰を突き上げ、抱きしめた彼女の身体を上下に動かしていく。

「んっ、あっ……はぁ、んんっ！」

狭く窮屈な膣内はエギルには最高の快感を与えるが、フィーにとっては敏感な部分がよく触れ、痛みは増してしまうだろう。動きを変え、無数にうごめく肉のヒダをカリ首でかき回すと、フィーは少しずつ甘い声を漏らしていく。

「あっ、あぁっ、ん、エギルっ……気持ち、いいっ？」

「ああ、気持ちいいぞ。フィーの膣内が、ぴったりくっついて」

「そ、そう、なん、ああっ……わたしも、きもちいい、よっ……んんっ！」

苦痛を含んだ声が、快感を含んだものに変わっていく。

エギルはもっと感じさせるように彼女の身体を撫でまわす。乳房を揉みしだき、突起した乳首を責め、汗ばんだフィーの背中に自分の肌を触れ合わせる。彼女の敏感なところを全て味わうように触っていくと、フィーは首を激しく左右に振った。

「あっ、ダメっ……いっぱい、それっ、気持ちいい、からぁ……っ！」

駄目と言いながら、痛みが和《やわ》らいだフィーは自ら腰を上下に振る。

乳房が縦揺《たてゆ》れを起こし、肌と肌がぶつかりあう音が響く。月明かりに照らされた幻想的な水色の髪からは、甘い香りがする。

そうして少しずつ、少しずつ、愛情を注ぐように腰を打ちつけていくと、フィーの声色《こわいろ》に快感が次第に乗っていき、膣内に分泌《ぶんぴつ》された愛液の量が増えたのに気づく。

「あっ、あっ、んん……っ！　これ、変になる……っ！　自分の身体なのに、わかんなくなるっ、ああっ！　きもちっ、いいよっ……ああっ、んあっ！」

肉棒が愛液を掻き出し、窮屈に締まっていた肉圧が、次第に優しく包み込むような感触に変わっていく。ピッタリとエギルの肉棒の形に変わった膣内の快感に、エギルはこれ以上の我慢は難しいと判断した。

「フィー、出すぞ」

「う、んんっ、ああっ……いい、よっ……どこに、出したいのっ……どこに、注ぎたいっ、のっ……っ!?」

疑問形だが、顔をこちらに向けたフィーの表情は、どこに出してほしいか明確に示しているかのように、嬉しそうに、期待するように、エギルの瞳をじっと見つめていた。

「フィーは俺の女だ。誰にも渡したくない。俺とずっと、一緒にいるんだ」

「う、うんっ、うんっ……いるっ、よっ……ずっと、一緒にいるっ！」

「だからこのまま、膣内に出すぞ！　初めては、ここに射精したい」

それ以外の選択肢が見つからなかった。好きだから。一緒にいたいから。ずっとひとりぼっちだったフィーに、少しでも自分と肌を重ねる温もりを好きだと思ってほしくて、エギルはそう伝えた。そしてフィーは、幸せそうに微笑んだ。

「うんっ、出してっ、わたしのナカっ……エギルので、満たしてっ！」

「ああ、出すぞ！」

もう我慢はできず、射精したいと膨張《ぼうちょう》する肉棒は力強く、フィーの膣内をかき回す。

「ん、ああっ、エギルの、おっきく、なって……わたしも、もう、変になってる……おかしく、んああっ！」

フィーは甲高《かんだか》い声で鳴いて、太腿を大きく震わせた。

「ああっ、ダメっ、ダメダメ……っ！　きちゃうっ、から……エギルも、きてっ、一緒がいいっ！」

「もう、出る！」

「んはあっ、ダメっ、くるっ、あ、あっ、ダ――――メェエッ！」

急激に締めつけてくる膣内に、エギルは堪《た》まらず射精した。

ドクッ、ドクッと濃い精液が大量に膣奥に吐き出されるのが、エギルも、フィーもわかり、彼女は腰を浮かして絶頂に達した。

「いっぱい、出てっ……あ、ああっ……すごい、いっぱい……嬉しい」

心の底から満たされたような笑顔のフィーを見て、エギルも心身共に満たされた。

「フィー」

細かく息をしながらフィーは唇を絡ませてくる。

「うん……ちゅ、んん、れろっ……んちゅ……」

それから二人は繋がったまま、荒くなった呼吸を整える。キスをしたり、抱きしめたり、頭を撫でたりして、エギルはフィーを安心させた。

そして、甘えたがりなフィーも、エギルの胸板《むないた》に手を触れながら、何度も何度もキスをする。

「……くちゅん！」

「大丈夫か？」

そうしていると、フィーは盛大なくしゃみをする。

真夜中の野外で、それも裸《はだか》になって汗まみれでしてたのだから、夜風に吹かれたら肌寒いのは当然だろう。

「そろそろ戻るか」

「うん……だけど」

フィーが離れると、それまで膣内に包まれていた肉棒から温かさが失われた。

「……綺麗に、してあげる」

「フィー?」

目前で四つん這いになったフィーは、愛液と精液と血が付着した肉棒に、舌を這わせた。

「フィー、嬉しいが、それは」

「したいの。だからジッとしてて」

髪を耳にかけて肉棒を口内へと誘う。膣内と同じく温かく柔らかい感触に包まれながら、フィーは顔を上下にさせ、根本から精液を吸い上げる。

「んっ、んちゅ……ぷはあ……綺麗に、なったよ」

ゴクッと喉を鳴らしたフィーは、褒《ほ》めてと言わんばかりの表情でエギルを見つめる。

だからエギルは、彼女の頭を撫でながら、

「ありがとうな。汚くなかったか?」

「うん。少し、苦かったけど……エギル、褒めてくれた」

頬を赤くさせたフィーは、頭を撫でられるのが嬉しかったのか、エギルの手を掴んでもっと撫でさせようとする。

——それから、エギルとフィーは服を着て、手を繋いで御殿へと歩いていく。

「今度からする時は、場所を考えないと駄目だな」

「うん。寒い場所は駄目。風邪ひいちゃう」

「そうだな」

「……明日、戻るんだな」

「そうだね。……あっ、エレノアたちに定時報告の時間」

「ああ、そうか」

フィーは頷き、近くを歩いていた白ウサギを呼ぶ。

「エリザベス、おいで」

トコトコと走ってきたエリザベスを抱える。

エレノアとの通信。フィーには残った二匹の目を通して向こうの様子が見えているのだろう。

明日やっと帰れる。新たな仲間である湖の都の住民たちを連れて帰れる。そしてセリナのもとにシロエとクロエを帰すことができる。エギルとフィーはエレノアたちにそう報告する——はずだった。

「……エレノア？　セリナ？」

だが、フィーの声には先程までの明るさはなく、そこか焦《あせ》りを感じさせる声を発した。

「サナ!?　ルナ!?」

「どうしたんだ、フィー？」

「それが……」

『フィーさん！』

その瞬間、エレノアの声が白ウサギを介《かい》して聞こえた。

『フィーさん！　フィーさん……ごめんなさい！』

慌てた様子のエレノアの声、そして謝罪。それだけ聞けば、向こうで何かあったのだとわかった。

頭の中が真っ白になるほどの不安を感じて、エギルは白ウサギへ声をかける。

「エレノア、どうした!?」

『エギル、さま……申し訳、ありません』

泣いてるのだろうか、彼女の声が震えていた。

「謝るのは後だ！　何があった？　教えてくれ！」

『実は――』

「……エレノア？　おい、エレノア!?」

だが、エレノアの声が続けられることはなかった。

「エレノアが見えない……フェニックス!?　ゴルファス!?」

「エレノアたちに、何かあったのか……？　だけど昨日は何も問題ないって……フィー、どういうことだ!?」

「そ、それは……」

エギルは動揺から声を荒らげてしまい、フィーは脅えたように言葉を詰まらせる。

すぐさま抱き寄せて、エギルはフィーの頭を撫でる。

「いや、大声を出して、すまない。フィーに怒ってるんじゃないんだ。少し、動揺してしまったんだ……だから教えてくれ。エレノアたちに、今なにが起きてるんだ？」

「……ごめん、なさい……エレノアたちが心配かけたくないから、エギルには黙っててって……わたしも、エギルが頑張ってるのを邪魔したくなくて」

「そんな……とにかく、向こうで何が起きてるのか、教えてくれ」

そう問いかけると、フィーはエギルたちがいなくなってから何があったのかを、全てを教えてくれた。

五章　家族の帰る家

The house where the family return

——時はシルバからの提案で、エレノアたちがフェリスティナ王国へ向かうところまで遡《さかのぼ》る。

「——嬢ちゃんたち、そろそろ到着するぜ」

無名の王国を出発した馬車から、目的地であるフェリスティナ王国の城壁が確認できた。

エレノア、セリナ、サナ、ルナの四人は車中に、前方の御者台《ぎょしゃ》には二頭の馬を操作するシルバが座っていた。

「あれが、フェリスティナ王国かー」

車内から顔を出したサナが口を大きく開けて驚くと、隣に座ったルナも同じように驚いていた。

「うわー、大きいね、サナ」

サナとルナは黒のドレスを身にまとっている。

二人のドレスの胸元には光輝く鉱石が散りばめられており、そのドレスが、まだ子供っぽさの残る二人を大人の女性へと変身させている。とはいえ二人は初めてドレスを着たのだろう。

足首まで覆《おお》う長いスカートが邪魔で、少しぎこちない感じを見せる。歩く姿も、踵《かかと》の高い靴に慣れてなくてどこかぎくしゃくしていた。

「私も初めて行くから、ちょっと緊張してきたかも」

光沢のある青色のドレスを着たセリナは座ったまま、目的地に近づくにつれ緊張を顔に表していた。

そんな三人をちらっと見て、エレノアは視線を外へ向ける。

「ただ説明するだけなので、緊張しないで大丈夫ですよ」

胸元を強調した色っぽい赤いドレスを着たエレノアは三人に笑顔を向ける。どこか落ち着いた雰囲気《ふんいき》のあるエレノアの言葉に、サナとルナは頷《うなず》くが、隣に座るセリナは難しい表情を浮かべる。

「だって初めてだから。エレノアは緊張しないの？」

「そうですね……。出発前は緊張していましたが今は大丈夫ですよ」

ここへ来る前に覚悟は決めた。結果はどうなるかわからないが、行動すると決めたのだから緊張はしていない。そんなエレノアの堂々とした返答に、セリナは納得するように頷いた。

「そうよね。行くって決めたんだもん。だけど、私たちがいなくなって無名の王国の守りは大丈夫かな」

「ハルトさんたちや冒険者のみなさんが守ってくれてますから、それは大丈夫だと思います」

フェリスティナ王国に向かうのは五人だけで、ゲッセンドルフやハボリック、それからハルトと手を貸してくれている冒険者たちは無名の王国で待機している。

シルバ曰《いわ》く、襲撃《しゅうげき》してくる魔物はそこまで多くはないので問題ないとのこと。それでも留守の間、魔物が攻めてきた時にはすぐ戻れるように、連絡手段としてフィーが置いていったハムスターのゴルファスを王国に残し、小鳥のフェニックスがエレノアたちに同行した。

何かあれば遠く離れた大陸にいるフィーが知らせてくれる。

「さて嬢ちゃんたち、到着したぜ」

車中からも、王城へと続く城門が見えた。その手前には、行商人であろう荷馬車の長い列が続いている。

エレノアたちが乗る馬車もゆっくりと進み、全身を銀色の重鎧《じゅうがい》で固めた二人の門番の前で止まった。

「――許可証はお持ちですか？」

王国などに出入りする際、行商人であれば商売をするための許可証を見せ、冒険者であれば冒険者カードを見せる必要がある。身分を明らかにするために必要なこと。そして、シルバは首を左右に振ると、胸元からカードを取り出した。

「いんや、許可証はないな。代わりにこれで」

シルバが提示したのは遠目にも冒険者カードだとわかった。それを見た門番は驚いたように目を大きく開き、慌《あわ》てた様子で塞《ふさ》いでいた道を開ける。

「ど、どうぞ！」

「あんがとさん」

手を上げ馬車が前進すると、セリナが不思議そうに首を傾《かし》げる。

「……やっぱり、シルバさんって凄《すご》い冒険者なのかな」

「おそらく、そうかと……」

ここへ来る前に、エレノアはシルバの正体を三人に明かした。当初はエギルが帰ってきてから明かすつもりだったけれど、フェリスティナ王国へ出向くとあれば、シルバの正体を隠す必要もなく、逆に正体を明かさなければ三人が彼の素性《すじよう》を不安に思う可能性もあった。

三人は最初こそ驚いていたものの、魔物の襲撃から無名の王国を守ってくれた時の手際《てぎわ》のよさを知っていたから、割とすぐに納得してくれたので、質問攻めとはならなかった——のだが、エギルを苦しめた奴隷《どれい》の幼《おさな》なじみのルディアナという女性のことは皆、知りたがっていた。その理由としては、エレノアと同じく怒りの感情が大きかったように思う。

「剣王という異名《いみよう》は伊達《だて》ではない、ということでしょうか」

「あんなに胡散臭《うさんくさ》い感じなのにね」

セリナは目を細めながら前方へ視線を向ける。サナとルナも同じような視線をシルバへと向け、うんうんと頷いていた。

「まあ、そうですね。人は見た目ではわからない、ということではないでしょうか」

そんな話をしていると、自分が噂《うわさ》の主だとは気づいていないシルバは、顔だけを後ろへ向け、

「嬢ちゃんたち、もう少しで王城に到着するが、そこで知り合いと合流させてもらうぜ？」

「知り合いと、ですか？」

「そう、知り合いとは城の手前で合流する予定なんだが……おっ、いたな」

敵襲《てきしゅう》を防ぐためだろう、王城を囲う堀の上に石造りの橋が架《か》かっている。それを渡った先に、王城の入り口である大きな鉄の門があり、その近くに、壁に背を預け腕を組む女がいた。

そして、シルバはその女の目の前で荷馬車を止めて手を上げる。

「よっ、待たせて悪いな、リノ」

「……やっと来たか」

シルバの浮かべた陽気な笑顔とは違い、ため息混じりの声を発したリノという女は、刃物のように鋭い目つきを彼へ向ける。身長は約一七〇センチと女性としては高く、右肩に乗せている大剣も同じように大きい。

整った顔つきで紛《まぎ》れもなく美人だ。引き締まった腰回りや豊満な胸元は大人の女性としての魅力がある。それを強調するような、腹部や太腿《ふともも》の肌《はだ》を出した露出《ろしゅつ》度の高い服を着ており、男なら誰しも視線を奪われるだろう。けれど、

「……悪いな、じゃねぇよ。テメェ、遅すぎんだよ。アタシがここで何分待ったと思ってん

だ？」

赤と黒が交互に入り混じる髪を後ろで一本にまとめたリノの口調は男勝りな印象を与える。

そんな男らしさのあるリノは、シルバへ向けていた鋭い視線をエレノアたち四人に移す。

「……あんたらか、エギルと一緒に暮らしてる女ってのは？」

そう問いかけてきたリノの威圧《いあつ》感に、エレノアは黙って頷く。

「……なるほどな。それじゃあ、馬車から降りてついてこい」

リノはそれだけ言うと先に歩きだす。

そして城門へと向かって歩く中、シルバは四人にリノについて説明してくれた。

「こいつは、リノ・アーストっていって、俺っちやエギルが魔物から守っていた村の出身なんだよ」

シルバの言う村とは、エギルが奴隷の幼なじみに裏切られた後にシルバに救われ、一時期暮らしていた村のことだろう。エレノアは「そうなんですね」と相槌《あいづち》を打つ。

「それと、こいつはエギルから剣を教えてもらってたんだよ。だから、リノはあいつとも顔見知りってことだな」

その説明の間もリノは無反応だった。というよりも、聞いてはいるが話に入ってきたくないような印象を受ける。

ここで合流したということは、彼女も王城にて国王に謁見《えっけん》する場について来てくれるのであろう。であれば少しでも交流しておいた方がいい。エレノアはそう思い、一人で前を歩くリノに声をかける。

「あの、わたくしはエレノアと申します。よろしくお願いします」

「……ああ」

「えっと、私はセリナで」

セリナに続けてサナとルナも挨拶《あいさつ》をするが、リノは頷いたり短く相槌を打つだけだった。あまり親しくなる気はないのだろう。そう解釈してエレノアたちが黙って歩いていると、シルバは苦笑いを浮かべる。

「あー、すまんな。こいつは人見知りで、初対面の奴《やつ》には愛想《あいそ》が悪いんだよ。だけど、目つきと性格に難があるだけで、悪い奴じゃないんでな。まっ、仲良くしてやってくれよ」

その言葉のどこかが癇《かん》に障《さわ》ったのか、リノは急に足を止め、振り返るとシルバを睨《にら》みつける。

「……おい、シルバ。目つきと性格に難があったら最悪じゃねぇか」

「ん、気にしてんのか？」

「するだろ、普通。つか、初対面の奴らに変なこと言うなよ」

「だったら普通に話せばいいだろうに。相変わらず面倒《めんどう》な性格してんな」

「うるせぇ、ほっとけ」

「まっ、昔っから変わんないのな。そういえば、昔はエギルの――」

「――バッ、テメェ！　これ以上おかしなこと言ったら斬《き》るぞ⁉」

恥《は》ずかしいのか、リノは顔を赤くさせて右肩に担《かつ》いだ大剣を下ろす。だが、シルバはそんなリノを無視して、何かを思い出したように手を叩《たた》き、ケラケラと笑いだす。

「だが成長したところが一カ所だけあったな。子供のころは小さかったお前の胸も、今はこんなに大き――」

「――オイ、余計なことは言うなって言ったよな？」

先程の鋭い目つきよりも恐ろしい真顔《まがお》を向けられ、シルバは両手を上げる。

「あー、わかったわかった。もう言わんから、そんな怒んなっての」

それで話は終わったのか、リノはため息をついて再び前を歩く。

この二人は仲が良いのか悪いのか、そんな疑問を抱くセリナたちの表情に笑顔が戻る。リノが人見知りで、それが原因で愛想が悪いと感じてしまったのだと思って安心したのだろう。だがエレノアは、三人とは違って、シルバとリノの関係を羨《うらや》ましく思っていた。

この二人は仲良しだ。そしてエギルとも。

自分の知らないエギルの過去を二人が知っていて、それも少し羨ましく感じてしまった。そんな過去のことを羨んでも仕方ないのに。

「エレノアさん、どうかした？」

「え、どうしてですか？」

「エレノアさん、なんか、悲しそうな表情してました」

　隣を歩くサナとルナに不安そうに見つめられた。心配させてしまっただろうか。エレノアはそう思い、笑顔で首を振った。

「いえ、大丈夫ですよ」

　そう答えたとき、エレノアたちは城門前に到着した。

　人の高さの何倍もある門の奥には、鋭角的な屋根のあるお城が見える。

「んじゃ、さっさと謁見を済ましちまおうかね。嬢ちゃんたちはここで待っててくれ」

「わたくしたちも行かなくていいのですか？」

「ん、問題ないって。ちょっと入れてくれないかって話してくるだけだからよ」

　そう言って、シルバとリノは城門前にいる門番へ声をかけに行く。

「ねえ、エレノア。あの二人だけで行かせていいの？　私は王国とか来たことないからわからないけど、なんか手続きとかあるんだよね？」

「そうですね……シルバさん一人では少し不安ですが、リノさんもいるのであれば粗相《そそう》はないかと。謁見を申し出るだけですし。門前払いされるかどうかは、わからないですが……」

　王様というのは一日に何百人もの人と謁見をする。その相手は他国の王族であったり、自国の貴族であったり、場合によっては大手商会の商人なんかもいるはずだ。なので順番待ちになることは予想できる。

シルバとリノはその約束を取りつけに行っただけ。そう思い、エレノアたちは言われた通り待っていた。

すると、門番が慌てた様子で王城内へと走る。それから数分後、戻ってきた門番に何か言われたシルバは、エレノアたちを手招きする。

「おーい嬢ちゃんたち。入っていいってよ」

シルバはエレノアたちを呼ぶ。

謁見できる日が後日になった場合は引き返すことになる。何日後になるかと思いきや、中へ入っていいと言われたということは、今日の内に謁見ができるということを意味していた。

エレノアは慌ててシルバのもとへ向かう。

「シルバさん、今日中に謁見を受けてくれたのですか……？」

城門を通るシルバにエレノアが問いかけると、彼は苦笑いを浮かべた。

「ん、王様の手が空《あ》いてたんじゃないかね。すぐに会ってくれるってよ。まっ、良かったじゃないの。ささっ、気が変わらんうちに急いで行こうや」

エレノアの質問に、シルバもリノもそれ以上は何も言わず城内へと向かう。

セリナたち三人はそこまで気にしていない様子だが、王女として育ったエレノアは疑問に思った。謁見の申し出を受けるなら後日が基本。たとえ、予定が何もなかったとしても来訪者の素性を確認するため一定の期間を置くのが普通だろう。

——良かったと思う反面、違和感があった。

おそらく、入れてくれた本当の理由は門番に見せたシルバの冒険者カードのおかげだろう。

本来ならば名の知れた貴族やSランク冒険者でも即日の対応は難しい。とすれば、シルバはそれ以上の冒険者か、世界的に有名な地位のある者の可能性がある。

「……それを確認するのも、疑うことも今はできませんが」

前を歩くシルバやリノの背中を見つめながら、エレノアは一人つぶやく。そんなことをすれば、二人を信頼していないと言っているようなものだ。

そして、エレノアたちは騎士数名に連れられ、城内へと案内された。

最初に目に留まったのは、王国の紋章《もんしょう》の図形が青地に銀と金の糸で刺繍《ししゅう》された大きな旗《はた》。そして、眼前には大階段があり、敷かれた朱色の絨毯《じゅうたん》には一点の汚れもない。圧巻《あっかん》とも思えるその道を、騎士たちに見られながらエレノアたちは進む。

大階段を上り、廊下を真《ま》っ直《す》ぐ進んだ先にある玉座《ぎょくざ》の間《ま》の前にたどり着くと、王室を警護する騎士が扉を開き、小さな声を発した。

「……入れ」

エレノアたちは背後の騎士たちの視線に押されるようにして、中に入る。

少し青みがかった石材で設《しつら》えられた王室。正面には王国内を一望できる透明なガラスが張られている。その前の玉座に座る男が、エレノアたちを一瞥《いちべつ》した。

「お主たちが謁見を申し出た者か？」

高貴な服を身に纏《まと》った白髭《しろひげ》の男。年齢は五〇代といったところだろう。その堂々としたたたずまいを見れば、国王だということは一目瞭然《いちもくりょうぜん》だ。

エレノアはシルバを見る。彼は国王の前だというのに彼女に陽気な笑顔を返す。

——ここからは手を貸さない。

そんな意味合いもあるのだろう。エレノアとしてもこれ以上はシルバの手を借りるわけにはいかない。なにせこの一歩は、エギルのため、エレノアたちのため、そして自分たちの王国のためなのだから。

全員が国王の前で頭を垂《た》れる。

エレノアは国王や騎士たちの視線を一身に受けながら、一歩前に出、カーテシーをした。

「お初にお目にかかります。わたくしは、エレノア・カーフォン・ルンデ・コーネリアと申します。コーネリア王国の元第三王女であり、現在はエギル・ヴォルツというSランク冒険者の妻でございます」

そう名乗った声にも、視線を浴びる全身にも震えはない。

「今度《このたび》は、フェリスティナ王国の国王様であられる、グヴェース・オルタ・フェリスティナ国王陛下《へいか》にお願いがあって参りました」

「……ふむ。申してみよ」

低く野太い声で応じ、鋭い眼光を向けるグヴェースは、エレノアの言葉を聞いて何を思っているのだろうか、それはわからない。ただここで口ごもっては主導権を握れず、自分たちの想いを伝えられない。だから、エレノアは堂々とした立ち姿で言葉を続ける。

「Sランク冒険者のエギル・ヴォルツと、ここにいるわたくしたちは、以前、ゴレイアス砦侵《とりで》攻戦のクエストに参加しておりました。先日、エギルがあの砦を攻略し、魔物の群れを討伐《とうばつ》いたしました。——そこで、わたくしたちはその地に、冒険者の王国を作ろうと思います」

「……ほお」

驚いたように短く言葉を返したグヴェースだが、その表情には一切変化が見られない。その空気感に呑《の》み込まれて黙ってしまいそうになるが、エレノアはこちらの願いを伝える。

「フェリスティナ王国がゴレイアス砦の領土を欲していることは存じております。ただ、わたくしたち……エギルの目的は、その地に力なき者を救う城を築くことです。ですので、どうか、現在依頼しているクエストを破棄《はき》して、大陸中へ新たな王国が建国されたと公言していただきたいのです」

グヴェースの表情はピクリとも変化しない。

すると、少しの間を置き、グヴェースは近くに控《ひか》えていた大臣へ視線を向ける。

「……現在、我が国が依頼してるクエストの一覧《いちらん》をここへ」

「はっ！」

大臣はいったん隣の部屋へと消えると、大きな書物を手に戻ってきた。

現在王国が依頼してるクエストを記録したもの。グヴェースはそれに最初から最後まで目を通すと、小さく息を吐く。

「……結論から申すと、その願いについては聞き届けよう」

あっさりと快諾《かいだく》されて、後ろに控えていたセリナたち三人は安堵《あんど》の表情を浮かべる。

――だが、

「……それと、ゴレイアス砦侵攻戦のクエスト依頼についてだが。フェリスティナ王国では依頼していない」

「……え？」

その言葉に、エレノアは驚きを禁じ得なかった。

グヴェースの表情は変わらない。瞬《まばた》きの回数の増減も、動揺からくる体の揺れも、何もない。

嘘《うそ》はついていないように感じられた。

「それは、どういう……」

「言葉のままだ。我《われ》はそのような依頼はしていない」

「――で、でも！」

驚いた様子でセリナが反応するが、ついと視線を向けられて慌てて頭を下げる。代わりに、彼女が口にしようとした言葉をエレノアは伝える。

「ですが、現にフェリスティナ王国の名でクエストは依頼されております。それに、王国直属のギルドも参加しておりました」

「そ、そうです！　フェリスティナ騎士団の、エグヴェインさんが指揮を執《と》ってました！」

サナが口を挟《はさ》むと、周囲にいた騎士の数名が微《かす》かに反応する。そして、グヴェースの表情も初めて、驚いて目を見開いているように見えた。

「……エグヴェイン、と」

その瞬間。エレノアの隣に来たシルバが小さく伝えた。

「……これは、ちっとおかしい。ここは出直した方がいい」

彼の表情は真剣で、エレノア自身も周りの様子がおかしいことには気づいた。

「……陛下。申し訳ありません、明日再度謁見させていただいてもよろしいでしょうか？」

「うむ、我々も少し予定がある。王国として公言する件は後日にしてもらおう」

「こちらから謁見を願い出たのに、申し訳ありません」

グヴェースが頷いたのを見て、エレノアたちはこの場から立ち去ろうとした。と、その時、グヴェースはシルバを呼び止め、

「――シルバ殿も、またこちらに来てもらいたい」

そう告げた。その言葉にシルバは「あいよ」とだけ答えて踵《きびす》を返す。

エレノアはなぜ国王が一介《いっかい》の冒険者であるシルバを「殿」と敬称をつけて呼び止めたのか、

全くわからなかった。だが今はそれどころではない。

エレノアたちは釈然《しゃくぜん》としないまま王城を出て行く。

城下街の空は夕焼けに赤く染まっていて、今から馬車を走らせたとしても、道半ば辺《あた》りで暗《くら》闇《やみ》になってしまうだろう。

「今日はこちらで泊まりましょうか」

夜になってから魔物に襲《おそ》われるのは避けたい。エレノアがそう言うとセリナたちは頷く。

そして、城下街にある宿屋へ移動するなり、エレノアたちは部屋で重い表情を浮かべていた。

エレノアとセリナは椅子《いす》に腰かけ、サナとルナはベッドの上に座り、シルバとリノは壁にもたれて立っている。それぞれの表情は考えごとでもしているように深刻げで、空気もなんだか重く沈んでいる。そんな中、シルバが口を開いた。

「……あの反応、もしかしたら本当に何も知らないのかもな」

いつもの彼らしくない真剣な表情は、事態の異常さを物語っているようだった。

「つかよ、そもそもそのクエストってのは本当にあったのか？」

リノがシルバに疑いの眼差《まなざ》しを向けると、サナは立ち上がる。

「ありました！　それに、エグヴェインさんたちは、魔物に……」

サナはそこまで言って口を閉じる。フェリスティナ王国直属のギルドのリーダーである彼の最期《さいご》を知ってるから、それが真実だと主張したのだろう。けれど、その場にはおらず、クエスト自体にも関《かか》わっていないリノは納得できていなかった。

「あんたらの言ってることを疑ってるわけじゃねぇさ。ただ、クエストを依頼したはずの王様が、そのクエストを知らない感じだったろ？　それがおかしいってことだ」

「だな。まあ、十中八九、あれは本当に知らないな。んで、俺っちたちが帰ってすぐに、その情報を探るよう騎士たちに指示を出すってとこだな」

「……王国の名前を騙《かた》ってクエストを依頼させた者がいる、という可能性はあるのでしょうか？」

考えられる可能性を、エレノアは二人に聞く。だが二人は難しい表情を浮かべた。

「赤の他人が、ってのは無理だろうさ。それも王国の名を騙ってなんて、不可能に近い話だ」

「アタシも同感だ。そもそも、どうしたらクエストを依頼できるのかは知ってるだろ？」

「代理人が依頼者と自分の身分を証明するモノを持っているか、依頼者が直接に依頼すること、でしたよね？」

セリナの答えに、リノは頷いた。

「ああ、そうだ。だが国王の依頼の場合、絶対に国王自《みずか》らがクエスト受注所で依頼しないといけねぇってわけじゃない。なにせ国王様は忙しいからな、足を運ぶ時間すら惜《お》しいだろ。んで、そんな国王様が依頼すんのに必要なのは、国王が記入したっていう署名の証《あかし》と、代理人の身分を証明するモノだ」

「ちなみに、その代理人ってのも誰でもいいわけじゃねぇ。国王が自分の代わりにクエスト依頼をしていいと認めた……おそらくは数名の側近だけだろうさ」

「では、グヴェース陛下の認めた方が、依頼をした可能性があると？」

「でも」

　エレノアの質問に、ルナは不思議そうに首を傾げた。

「それなら、国王様は依頼できる人を知ってることに、なりますよね……？」

「おそらくな。まっ、それは俺っちたちが知ったことじゃねぇけどな」

　シルバは両手を上げて伸びをすると、部屋の出口へと向かった。

「今は、フェリスティナ王国が嬢ちゃんたちの暮らす無名の王国を狙《ねら》っているわけじゃないってわかったことを、素直に喜ぼうぜ。んじゃ、明日の朝にでもまた足を運んでみるとして、俺っちたちはこの辺で」

　おやすみ、とシルバが部屋へ出て行くと、それを追うようにしてリノも部屋を出る。四人になった部屋で、各々《おのおの》ベッドの上に集まる。

「エレノア、嫌な予感がするのって私だけ……？」

「いいえ、わたくしも感じています」

　セリナの言葉に、エレノアも同意する。そして、それはサナやルナも同じだった。

「エグヴェインさんたちは、確かにあそこにいたよ。本気でクエストを達成しようとしてた……それに、あたしたちの目の前で……。それなのにどうして……」

「サナ……。エレノアさん、これからどう、しますか？」

「そうですね」

少し考えたが、良い考えは浮かばない。

「明日もう一度、国王様にお会いしましょう。わたくしたちが今できるのは、それしかありません」

そう言って、エレノアたちは明日に備えることにしたのだった。

◆

酒場も併設されている宿屋は、少し前まで騒がしかったが、今は静まり返っていた。どの部屋にも明かりは灯《とも》されておらず、エレノアたちが泊まる部屋も、四人の寝息しか聞こえない。

セリナとサナとルナが身を寄せ合うようにして眠り、エレノアもセリナに身体《からだ》をぴったりとくっつけて寝ている。四人が着ているお揃《そろ》いのネグリジェ姿が月明かりに照らされている。

シルバとリノは別の部屋に泊まっており、この部屋には四人しかいない。

静寂《せいじゃく》の中、部屋の扉が独《ひと》りでに開く。何の音をせずに。

そして、扉を開けた者は足音も立てずに、四人が眠るベッドへと近づく。

微かに木の床を踏む音が響くが、すっかり夢の中に入り込んでいる四人には聞こえないだろう。

その者は四人のベッドの前で、立ち止まった。

月明かりに照らされたのは一六〇センチほどの背丈《せたけ》の女。闇夜《やみよ》に同化するのに適した黒っぽい衣服が全身を覆い隠している。身体にフィットした動きやすそうな格好《かっこう》だ。肩まで伸ばした黒髪も闇に溶け込んでいる。それとは対照的な赤く染められた唇《くちびる》が微かに開いた。

「……エレノア」

押し殺したような小さな声音《こわね》で告げた彼女の表情に笑みはなく、どこか悲しげだった。

「──人の部屋に音も立てずに侵入してくるとは、随分《ずいぶん》と礼儀知らずな奴だな……？」

だが、不意に扉口から声がした。彼女は振り返ると、そこには大剣を肩に乗せたリノが立っていた。

「……あら、ここへ来ることは予想済みだったのですか？」

おどけたように彼女は笑みを浮かべる。色を含んだ艶《つや》っぽい声。リノは首を振った。

「……シルバの命令だ。そいつらを危険にさらすなっていうな」

「ああ、彼ですか。それで、私が来たのに気づいて貴女《あなた》はここに来たということですか」

一切動揺を見せない女は、リノへ向けていた視線を、目を開けたエレノアたちに移す。

二人の会話で目が覚めたのだろう。

「どなた、ですか……？」

「起きてしまいましたか。これは残念」

その言葉を聞いて、リノは鼻で笑う。

「はっ、残念そうには見えねぇんだが……？」

「そんなことはありませんよ。本当ならば、私の顔を見られずに、彼女の顔だけ見て帰ろうと思ってましたから」

そう言って、彼女は四人を——というよりも、エレノアに視線を向け、

「初めまして。私はアルマ・レニッサと申します。貴女方と同じ冒険者をしておりますので、以後お見知りおきを……あら、今日はドレスではないので、この挨拶は変ですわね」

まるでドレスを着てるかのように、裾《すそ》をつまんで挨拶しようとしたアルマは、クスクスと笑いだす。エレノアたち四人は慌ててベッドから降り、彼女から距離をとった。

「……アルマ・レニッサ……ギルド《鮮血の鎖《くさり》》のアルマ・レニッサか？」

リノは彼女のことを知ってるのだろう、アルマへ向ける視線がより鋭くなる。

「ええ、そうですよ。そんなに私に熱い視線を向けて……何かありました？」

「いいや、テメェの顔がそんなんだったか、ちゃんと思い起こそうと思ってな」

「リノさん、どういうことですか？」

エレノアがリノに問いかけると、彼女は肩に乗せた大剣を床に下ろす。

「……いや、聞いてた外見と違ってな。というよりも、顔が違うが正しいかもしれねぇ」

からなかった。

エレノアたち四人は冒険者たちに詳《くわ》しいというわけではない。なので、その言葉の意味はわ

「顔が……」

「顔が違う……別人ってこと？」

セリナは近くに立てかけていた愛用の刀《かたな》を手に取ると、サナとルナも警戒《けいかい》するように武器を手にした。

「エレノアさん、その話の意味はわからないけど、この人がここにいたってことは」

「命を狙う敵、ですよね」

「ええ、そうかもしれませんね」

エレノアたち四人とアルマはベッドを挟《はさ》んだところにいる。この部屋はそこまで広くない。机と椅子が置かれ、ベッドが部屋の端に寄せられているくらいだ。なので、手練《てだ》れの冒険者でなくても、この距離を詰めるのは容易なことだろう。

「警戒しなくて結構ですことよ」

リノがジリジリとアルマへ距離を詰め寄るが、彼女は敵意がないと言わんばかりに両手を上げ、陽気な笑みを浮かべた。

「私は貴女方に危害を加えるつもりはありませんから」

「……全員が寝静まった夜に部屋へ無断で入ってきて、信じられると思ってんのか？」

「まあ、それもそうですわね。ただ本当に、私は彼女に会いに来ただけですから」

アルマはエレノアに笑みを浮かべる。その表情は一見、敵意を感じさせない上品なものだったが、どこか違和感のある笑顔だとも感じられた。

「どうして、わたくしなのですか……？」

「そうね……」

と、少し考える様子のアルマだったが、すぐに手を叩き、首を振った。

「ごめんなさい、今は言えないの。ただ私の目的は貴女――エレノアさんに会いに来ただけなのよ」

「……それを、信じるとでも？」

「難しいわよね。それなら、今日はこれで失礼しようかしら」

アルマはエレノアたちに背を向けるが、廊下へと続く扉のところにはリノがいる。

「させると思ってんのか？」

「ええ、失礼させてもらうわ。だって私には行かないといけない場所があるのだもの」

「そうか、それは残念だな。その行かないといけない場所にはたどり着けないだろうな」

リノは左手で大剣に触れると、手のひらに魔術を使うための力を込める。

「――力を貸せ、炎神！」

紡《つむ》いだ言葉に呼応《こおう》するように、大剣には渦巻《うずま》き状の炎が絡《から》みつく。一瞬にして部屋の中が明るくなるが、アルマは笑みを崩《くず》さない。

「焔武士《エンブシ》、だったかしら？　Aランク冒険者がなれる職業ね。いつ見ても綺麗《きれい》な炎ですこと」

「余裕ぶってられるのも今のうちだ――ってのッ！」

一足飛びでリノはアルマとの距離を縮《ちぢ》める。離れた場所にいるエレノアたちでさえ、肌が焼けるような熱さを感じているのだから今、リノに近接されたアルマは熱くて仕方ないはずだろう。

「本当に、顔を見に来ただけなのだけど」

だが、アルマはリノが振り下ろした大剣を軽々と避《よ》ける。その美しい顔には変化は一切なかった。

大剣の炎によって床が焼け落ち、大きな穴が生まれる。それを見たアルマは難しい表情を浮かべる。

「……一撃でも喰《く》らってしまえば溶けてしまいそうですこと。服も少し燃えてしまいました」

「チッ、余裕気取りやがって……」

「余裕、とは違いますよ。だって――」

アルマはリノに背を向けると、ベッドの上に乗り、真っ直ぐエレノアたちのもとへと歩いてくる。

「じきに、私なんて構っていられる余裕がなくなってしまうのですもの」

「それは、どういう意味ですか……？」

逃げるために注意を逸《そ》らしたいのか、それはわからない。

だが彼女の言ってることが全《すべ》て嘘だとは思えない。もしも彼女がここへ来た理由がエレノアを殺すためであれば、既《すで》にそうしてるはずだからだ。リノの一撃を軽く避けた彼女にはそうできる実力がある。なので、すぐにでもそうしないということは、本当にアルマはエレノアを見に来ただけなのではないかと思ってしまう。

「エレノア、どうするの？」

「止めないと駄目だよね、エレノアさん」

「でも止めるって、どうしたら」

三人は武器を手にしているが、どうすればいいのかわからないでいた。

——そんな時だった。

「おい、王国が！」

廊下を駆け上がってきたシルバ。いつもの胡散臭い様子とは違い、非常に慌てた様子だった。

「あら、久しぶりね」

「アルマ……なのか？」

「ええ、そうよ。ここでまた顔を合わせるとは思ってなかったわね」

「ああ、そうだな。んで、これはどういう状況なんだ？」

シルバが来たことによって状況が悪化したと捉《とら》えたのか、アルマはため息をついた。

「彼女を見に来ただけよ。別に危害を加えるつもりはないわ」

「……そうか」

「おい、シルバ！　こいつがここへ来たってことは、あいつらを襲おうとしたってことだろ!?　だったら」

「いや、いい。今はな……もう用が済んだなら失《う》せろ」

「シルバ！」

リノの言葉を無視して、シルバは窓から外へ逃げろと指示する。

「ええ、そうさせていただくわ」

窓際にいるエレノアたちへと近づくアルマ。

「エレノア……」

三人は武器を構えながらエレノアへと視線を向ける。その視線を浴びるエレノアは、状況を把握《はあく》しきれていなかった。

「……危害が加えられないのであれば、わたくしたちも手を出しません。本当に、わたくしの顔を見に来ただけなのですね」

「ええ、そうよ。本当に何もする気はなかったわ」

そう言って窓の縁《へり》へ足をかけたアルマだったが、エレノアを見ながら、

「彼は元気？」

「えっ……？」

「エギル・ヴォルツ。彼は元気でいるの？」

どうしてそんなことを聞かれるのかわからなかった。そして、エギルのことも、彼女は知っているのだと理解した。

「元気、ですが……」

「そう、それは良かった。だけど――」

アルマは最後に伝えた。

「早くお家《うち》へ帰った方がいいわよ。でないと、彼が悲しむもの」

「それはどういう――」

「それじゃあ、また後で会いましょ」

だが、聞こうとした時には、アルマはもういなかった。

夜道を走り、エレノアたちのもとから離れていく。

「エレノア、さっきのどういう意味なの？」

「さあ、わたくしにもわかりません」

「お家って、あたしたちの家は無名の王国だよね」

「そうだね、サナ……だけど、どういう意味があるのかな」

「んー」

「──おい、シルバ！　なんであいつを逃がしたんだよ!?」

エレノアたちが考えている中、リノはアルマを逃がしたシルバに今にも摑《つか》みかかろうとしていた。

「……あいつは武器を持っていなかっただろ。攻撃する意思はなかったんだよ、始めからな」

「んなの、わかんねぇだろ！　職業の力があるかも──」

「──あいつの職業が戦闘に特化したものじゃないことは、お前だって知ってるだろ？」

「……だけど。なあ、シルバ。テメェ、アタシに何か隠してることでもあんのか？」

「……どうだろうな」

曖昧《あいまい》な返事をしたシルバは、その視線をエレノアたちへ向ける。

「それより嬢ちゃんたち、急いで無名の王国へ戻るぞ」

「今から、ですか？」

「ああ、今すぐだ」

シルバはどこか言いにくそうに、申し訳なさそうに言葉を続けた。

「──無名の王国に、襲撃があった。仲間からそう、報告があったんだ」

「王国、が……？」

シルバはそれだけ伝えて宿屋の一階へと下りて行く。その後をリノが追う。エレノアたち四人は何を言われたのかすぐには理解できず固まってしまっていた。

だが、すぐにセリナが部屋の出口へ走った。

「い、急いで！　三人とも早く！」

セリナの声で我に返ったのか、エレノアとサナとルナも宿屋を出て行く。

すぐさま城下街の出口付近に待機させていた馬車へ乗り込み、フェリスティナ王国を後にする。その道中、シルバは二頭の馬を操作しながら説明してくれた。

「……俺っちたちが王国を出て少し経《た》ってからみたいだ。おかしな格好をした連中が攻めてきたらしい」

「お、おかしな格好とは、どんな格好ですか!?」

「エレノア、落ち着いて……まずは聞かないと」

エレノアは焦《あせ》った様子で、呼吸を荒くしていた。落ち着こうと言ったセリナでさえ、不安そうにエレノアを見つめる。

「すみません、取り乱してしまって」

「いや、動揺して当然だ。だが情報をよこした仲間も、全部を把握してるわけじゃないんだ。だから聞いたことだけを伝える。無名の王国へ襲撃をかけてきたのは、どこかの王国だろう。揃いの鎧《よろい》を着てたらしいからな。だが、それだけじゃなく、白い服を着た異質な集団もいるという話だ。そいつらの目的は不明で、対話も無理だったらしい」

「対話も無理、というのは……それは人、なんですよね？」

「対話ができないというか、何も聞き入れてくれなかったらしい。仲間同士では会話してたらしいから、おそらく目的を話すつもりはないということだろう。……それと、その中でも白い服の集団の様子が少しおかしくてな」

「おかしい？」

「王国を襲撃に来たというよりは、その地で何かを探してるみたいだとか」

「何かを……」

人を襲うわけでもなく、無名の王国の領土を奪おうとするわけでもなく、何かを探していると言われても、エレノアたちには全く見当がつかなかった。

「もしかしたら……クエストを発注した連中かもしれないな」

「ゴレイアス砦侵攻戦の、ということですか？」

セリナの言葉に、シルバは進行方向を見ながら頷く。

「ああ、おそらくな。ただ、いま手に入れてる情報が少ないから、もしかしたら外れてるかもしれない。そう考えるのが当たりのような気がするがな」

「そうですね」

その後は誰も会話しようとはせず、ただただ、エレノアたちの胸には不安と焦りだけが募《つの》る。

そうして馬車は走り続け、無名の王国へと到着した。

「どう、して……」

帰るべき家に到着したエレノアたちの目に映ったのは壮絶な光景だった。

エギルがここを出る時も、エレノアたちがここを出る時も、まだ住んでいる人は少ないものの、この王国がエレノアたちにとっては我が家とも呼べる場所だった。なのに今は、多くの騎士が取り囲むように群がり、入り口は人で溢《あふ》れている。そして広範囲に群がる騎士に隠れて、異質な白ローブに身を包む者たちを確認できた。

「あれは……神教団ですか」

エレノアの言葉を聞いて、セリナは驚いたように大声を発する。

「神教団!?　なんで神を信仰する奴らがここにいるのよ」

言葉の通じない魔物をこの世界に生み出し、冒険者たちに職業という力を与えてくれる聖力石を生み出した神である《ヘファイス伝綬神》を信仰し崇《あが》める集団。

そんな彼らがなぜこの場所にいるのかは不明だが、エレノアも、それにシルバやリノたちにも、あの者たちが神教団だとすぐにわかった。

「……どうして」

必ず守ると約束した場所が、他人に潰《つぶ》されようとしている。

そんな光景に、エレノアは憤《いきどお》りよりも悲しみの気持ちが込み上げていた。

そしてそれは、他の三人も同じだった。

「止《や》めて……止めてよ……ここは、エギルさんが帰ってくる家なんだから！」

セリナは拳《こぶし》を握り、声を張り上げる。

「どうしてさ。どうして、邪魔ばっかりするの！」

「わたしたちの、幸せに暮らせる家、です」

サナとルナは、悲しみに震えていた。

——そんな時だった。

『——エレノア！　セリナ！　サナ！　ルナ！』

連絡できるようにと同行していたフェニックスから、フィーの声がした。

ゴルファス伝いで、フィーは無名の王国の現状を見ているのだろう。

エレノアは返事に困ったが、最初に出てきた言葉は謝罪だった。

「……フィーさん……フィーさん、ごめんなさい」

守ると約束したのに、ここを守れなかった。エギルがいれば、きっとこんなことにはならなかった。

そう思うと、自分の不甲斐《ふがい》なさに、謝ることしかできなかった。

『エレノア、どうした!?』

次に聞こえたエギルの声に涙が止まらない。守らねばいけない帰る家を、自分たちは守れなかった。

「エギル、さま……申し訳、ありません」

『謝るのは後だ！　何があった？　教えてくれ！』

胸を締めつけられるような痛みに襲われながらも、震える声で、エレノアは現状を報告しようとした。

「実は……」

だが、その先の言葉が出てこない。

なんて報告すればいいのかではなく、なんて謝ればいいのか、わからなくなってしまった。

それは他の三人も一緒で、視線を向けても苦しそうな表情をするだけだ。誰も言いたくないのだ。この残酷な現状を。彼が頑張って前へ進もうとしてるのに、帰る家を守れなかったことを。

気づくと通信が途切れてしまっていた。

「……嬢ちゃんたち。まだ、諦《あきら》めるには早いんじゃないか？」

シルバに言われ、エレノアは涙を拭《ぬぐ》う。

諦めるのも、泣き崩れるのも簡単だ。何もしないで済むのだから。

だけど、エレノアはもう大切な居場所を、大切な存在を、手放さないと決めたんだ。

「シルバさん。リノさん。わたくしたちに、力を貸してください……エギル様が……わたくしたちの愛する彼が、帰ってこれる場所を、一緒に」

自分たちにはエギルのような戦況を一瞬で変えられるような力はない。それでも、この地を取り戻すためならなんだってできる。

エレノアは二人に頭を下げる。それに続いて、セリナやサナやルナも頭を下げた。

「ああ、もちろんだ。こうなった責任は、こっちにもあるしな」

「アタシもいいぜ。ちょうどアルマの奴を逃がしちまってむしゃくしゃしてたしな」

二人は頷いて、手を貸してくれると約束してくれた。

「ありがとう、ございます……必ず、エギル様とフィーさんが帰ってこれる家を取り戻します」

「エギルさんが悲しむのは見たくないもんね」

「やろう。絶対に、取り返すんだ！」

「はい！」

エレノアは涙を拭い、苦しかった呼吸を整え、帰るべき家を見つめる。

「行きましょう。無名の王国を……」

そこはもう、無名の王国なんかではない。

「エギル様が作った王国――ヴォルツ王国を取り戻すために」

エレノアたちは王国へと向かった。それが正解であるのか、不正解であるのか、そんなのは未来が導く、結果しかわからない。

けれど今は怖くない。帰るべき家を取り戻したいという、揺るぎない気持ちがあるから――。

エピローグ

「――そんなことが、あったのか」

フィーから自分がシュピュリール大陸へ向かってから、フェゼーリスト大陸に残ったエレノアたちがどういう状況にあって、どんな行動を取ったのかの説明を受けて、エギルは微《かす》かにため息を漏《も》らした。

ため息が出たのは、決してエレノアたちが勝手な行動をしたからではない。むしろ、自分たちで考え行動してくれたのは嬉《うれ》しかった。

彼女たちが自分で考え、王国のために自分から行動してくれたのだ、嬉しく思わないはずがない。

――ただ、こうなってしまった状況に、少しだけ悲しくなってしまったのだ。

「……教えてくれたら良かったのにな」

「……ごめん」

「いや、フィーを責めてるんじゃないんだ」

ただ単純に、信頼して話してくれたら良かったのにという意味だ。

話さなかったのには理由があるかもしれない。もしかしたら、帰ってきたときに報告してエギルに喜んでほしかったのかもしれない。それはエギルにはわからない。残った四人にしかわからないことだ。

「たぶん、エギルに内緒《ないしょ》にしてたのは、自分たちの手でエギルに楽をさせてあげたかったんだと思う」

「かもな。エレノアたちならそうする」

エギルは笑顔で答えると、フィーは首を傾《かし》げた。

「エギル、怒ってる……？」

「いいや、怒ってないさ。俺は四人がしたことに怒るつもりはないからな」

「そっか」

「四人と連絡が取れなくなってしまったが、状況を把握《はあく》できるか？」

「うん。姿は確認できる。呼びかけても、返事はないけど」

「そうか。頑張ってくれてるんだな。四人は」

フィーにはエレノアたちの姿は見えるけど、エギルには見えない。だが、フィーが取り乱していないところを見ると、おそらく最悪の事態にはなっていないのだろう。

たとえ、すぐにそこから離れろと言っても聞いてくれないだろう。

それに、そんなことは言えない。状況が最悪の事態になったとしても、彼女たちは諦《あきら》めない。狙《ねら》われている場所が、エギルと彼女たちの家なのだから。

「帰ったら褒《ほ》めてやらないとな。どんな言葉よりも、きっと四人が望んでるのはそれだろうから」

きっと大丈夫。楽天的な考えだとしても、ここで慌《あわ》てても仕方ない。四人が頑張っているのなら、エギルができるのは急いで帰るべき家に戻ることだろう。

「フィー、急いで帰ろう」

「うん。早く帰って、またみんなでパーティーしたい」

「ああ、そうだな。今度は華耶《かや》とシロエとクロエも一緒にな」

「うん。……あっ、今なら大丈夫だと思う。エギル、エレノアたちに伝えることある？」

フィーはエリザベスを抱えて、エギルへと向ける。

赤い瞳《ひとみ》がじっとエギルを見つめ、エレノアたちが何か言葉を待っているような、そんな気がした。だからエギルは、笑顔で四人が待っているであろう言葉を伝えた。

「……必ず帰る。約束したからな。だから四人も頑張ってくれ。俺に大切な存在を失わせないでくれ」

そう伝えると、少ししてからエレノアからの返事が届いた。

『……はい。必ずお二人が帰ってくる家を守ります。帰ってきたら抱きしめていただいてもよろしいですか？』

「ああ、もちろんだ。何度でもな」

『ありがとうございます。絶対にこちらは守ります。だから、エギル様も帰路はお気をつけて』

エレノアの声色《こわいろ》には微かに笑顔が戻ったような響きが感じられた。

『エギルさん！　私たちが、絶対に帰ってこれるように、お家は守りますから！』

「期待してるぞ、セリナ。だけど無茶はしないでくれ。……帰ったら、プレゼントを渡すから」

『プレゼント……？　中身はなん……いえ、帰ってからでいいです。その方が貰《もら》ったときに嬉しいですからね！』

シロエとクロエをセリナに会わせたい。そして、再会できた二人の妹と会ったセリナの表情を見たい。エギルはそう思い、「死ぬな」という言葉ではなく、「また抱きしめたい」と伝える。

『はい、私も抱きしめられたいです。エギルさんの温《ぬく》もり、早く欲しいですから』

そう答えた。

『エギルさん、あたしも頑張るから！　だから……帰ったら……頭を撫《な》でて？』

「ああ、何度でもしてやる。サナが望むことならな」

『ほんと？　良かった……約束だからね。あたし、頑張るから！』

サナは嬉しそうに声を弾《はず》ませる。顔が見えず声だけなのに、彼女が笑顔なのがはっきりとわかった。

『エギルさん……私も、その……』

「ルナ。帰ったら、また二人で星を眺《なが》めながら話そうか」

『は、はい！　もっと一杯、エギルさんと、お話がしたいです！』

「ああ、俺もだ。だから待っていてくれ」

星を眺めながら二人で話したとき、ルナは楽しそうだった。いつもサナの後ろに隠れるようにしている彼女が、自分の好きなことを流暢《りゅうちょう》に語り、笑顔を見せてくれる。それがエギルとルナが二人でいるときの幸せな光景だろう。

こうして、四人に伝えると、最後にもう一度、エギルはエレノアを呼んだ。

「帰るまでエレノアが三人と、無名の王国の指揮を取ってくれ。できるな？」

『はい、お任せください』

「ああ、任せる」

『ですが、エギル様。もうここは無名の王国ではありません。ここはエギル様が作った王国――ヴォルツ王国と名付けました』

気恥《きは》ずかしさがあったが、彼女たちが付けた名前なら文句はない。

「じゃあ、俺たちが幸せな明日を歩める王国、ヴォルツ王国を頼んだぞ」

そう伝えると、四人は大きな声で返事をした。その声には前のような涙ぐむ様子はなく、希望の道が見えてるような強い意志が感じられた。

「よし、フィー帰るぞ。俺たちの家へ」

「うん！」

歩き出したエギルの横をフィーが歩く。星に照らされた彼女の表情は明るい笑顔だった。

そして、エギルたちは湖の都にある御殿《ごてん》へと戻ってきた。移住することを決めた者たちは、まだ飲んでる者や、移住の準備を始めていた者がいる。

二人は急いで華耶のいる部屋へと向かうと、そこには華耶の他にシロエとクロエ、それともう一人、少女がいた。

「……レヴィア」

「夜の散歩は気持ちよかったかの、エギル？」

相変わらずの陽気な笑みだが、周りに湖の都の者たちがいるからか、少し居辛《いづら》そうにはしていた。

「どうしてここにいるんだ？」

「なに、少しお主と話がしたかったのじゃ」

「俺と？」

「エギルさん」

華耶は立ち上がると、エギルに耳打ちする。

「……彼女、敵意はないって言ってたからここへ迎え入れたわ。側役《そばやく》の者たちやシロエとクロエもいるから、大丈夫だと思ったけど、駄目だった？」

「いや、問題ない」

側役やシロエとクロエがいても、レヴィアには敵《かな》わないだろうと思ったエギルだったが、湖の都に何かするつもりなら、さっさと仕掛けているはずだ。

なので、エギルは警戒《けいかい》しつつ、レヴィアの前に座った。

「それで、話ってのは？」

「うむ、お主の王国に招待してほしいと思ったのじゃ」

「招待……？」

その言葉に身構えてしまったが、レヴィアは何もしないと言わんばかりに首を左右に振る。

「敵意はないのじゃ。ただ、見てみたいだけじゃ」

「……理由を聞いてもいいか？」

「それは入れてくれてからの方が良いのじゃ。なにせ、我《われ》にも確信があるわけじゃないからのう」

「確信……それは、お前がこの大陸に来た目的の一つでもあるのか？」

それしかないだろうが一応は聞いてみる。そして彼女は、考える間もなく頷《うなず》いた。

「うむ、そうじゃ。まあ、ただで入れてくれとは言わぬ。我に手伝えることがあれば手を貸そう」

「……そうか。王国に危害を加えるつもりはないんだな？」

「うむ。そんなことをするつもりはないのじゃ」

「そうか」

フィーは不安げな表情を浮かべ、華耶は口を挟《はさ》まないで二人の会話を見守る。

「それじゃあ、乗って移動できるドラゴンをここへ呼ぶことはできるか？」

「エギル……？」

エギルの言葉にフィーは慌てて口を開く。それを、エギルは首を左右に振って安心させる。

「大丈夫だ。それで、できるか？」

「ふむ。できることはできる。じゃが、それが望みかのう？　そんなことをすれば、ここにいる者たちに我が狙われそうなのじゃが？」

「そこは大丈夫だ。それで、ドラゴンは何体呼べる？　それと、ここへ来るまでどれぐらいの時間がかかる？」

「……何か、そうしたい理由があるようじゃな。ふむ、少し待っておれ」

レヴィアはそう言うなり、目を閉じた。

フィーとレヴィアの職業の力は似ている。だがその規模や、操《あやつ》れる対象の強さは段違いだろう。そして、再び目を開けると、レヴィアはため息を漏らす。

「……確認してみたのじゃが、今すぐ、乗ることを許可する気立ての良いドラゴンとなるとそこまで多くは無理じゃ。良くて二体かのう」

「二体か」

「ドラゴンは早寝じゃ。無理を言えば怒られてしまうからのう。明日の朝であればもっと多く呼ぶことも可能だがな」

「なるほど。フィー、華耶たちをフェゼーリスト大陸まで案内してくれるか？」

そう伝えると、フィーはこくりと頷いた。

「一人で行くの？」

「そのつもりだ。エレノアたちを信頼はしてるが、できれば早く戻りたいんだ。だから、フェゼーリスト大陸の王国まで道案内をしてもらいたい」

「わかった。わたしは華耶たちと明日の朝に出発すればいい？」

「無事に来れるなら、それでいい。華耶、少し向こうの状況を説明する。聞いてくれ」

「ええ、わかったわ。他のみんなはどうする？」

移住に関して余計な不安を与えるかもしれない。華耶がそう言うと、側役たちは話を聞かせてくださいとエギルの目を見た。

エギルは移住先であるヴォルツ王国が、何者かから襲撃《しゅうげき》を受けていることを説明した。

華耶や側役の者たちは黙って話を聞いていた。

「だが問題はない。今は残ってくれてる仲間たちが頑張ってくれてるから」

なんの確証もないが、そう言わなければ、不安を煽《あお》ってしまう。

「エギルさん、わかったわ。それで、さっきの話と結びつくのね？」

「ああ、そうだ。俺はすぐにでも戻る。華耶たちは明日、向こうが落ち着いてからフィーの案内で来てくれ」

「——エギル！」

華耶に伝え終えたところで、ずっと黙っていたクロエが口を開く。

「おねえちゃんは……おねえちゃんは無事なの!?」

「ああ、無事だ。今も頑張ってくれてる。俺は王として先に行きたいんだ」

「そう、なんだ……」

「エギルさん。私たちもあなたと一緒に向かってもよろしいでしょうか？」

不安げなクロエの代わりに、今度はシロエが口を開く。

「向こうで戦闘になるかもしれない。まだ十分に休めてないんじゃないか？」

「いいえ、私たちも行きたいです。戦えます。……やっと、会えるのですから。今度は私たちが、お姉ちゃんの力になりたいのです」

「アタシも、そうしたい！」

シロエとクロエは真っ直《ます》ぐエギルを見る。

奴隷《どれい》商人から救ってくれた姉のために、今度は二人が危険な状況にいるセリナを助けたいということだろう。力強い眼差《まなざ》しが、何を言っても引かないと訴えているようだった。

「レヴィア、二人を連れていってもかまわないか？」

「うむ、それは問題ないのじゃ。我に一頭。お主たちで一頭で良かろう？」

「ああ、それで問題ない」

「では呼ぶとしよう。それと、お主が望めば我も手を貸そう」

　立ち上がったレヴィアは、エギルへにっこりとした笑顔を向ける。裏がありそうな笑顔ではあるが、それでも、彼女の助けはありがたい。

「敵がどこの連中かわからないぞ？」

「かまわぬ。我にとって、どれだけ敵を作ろうが、お主に手を貸すことの方が得だからのう」

「損得勘定《そんとくかんじょう》か。裏がないことを祈るぞ」

「どこまでも信じぬ男じゃ……まあ、お主と我は仲間ではないのだから当然か。それに、その襲撃してきた王国とやらの正体も気になるからのう」

「どういう意味だ……？」

「いいや、我の話なのじゃ。では、少し待っておれ」

　意味深な言葉を残してレヴィアは出て行く。すると、フィーと華耶が不安そうに見つめてくる。

「エギル、信じていいの？」

「問題ない。それに、その目的は、俺たちへの攻撃ではないはずだからな。こちらに何か仕掛けてくることはないだろう」

「私たちはエギルさんたちの事情は知らない。だけど、お願いだから無事でいてね」

「ああ、わかってる。二人と、他のみんなが来るまでに、安全に移住ができるようにするから」

エギルは側役の者たちに視線を向けて頷くと、彼らも頷き返してくれた。

それから、レヴィアが二頭のドラゴンをこの地に呼び寄せるまで、さして時間はかからなかった。

星空が輝く空から二頭のドラゴンがゆっくりと降下してくる。赤黒い鱗《うろこ》のドラゴンが地面に足を付けると、微かに地面が揺れた。ドラゴンからは威圧感《いあつ》を受ける。

「エギル、鱗の部分には触れないことをオススメするのじゃ。このレッドドラゴンの鱗は鉄を熱したようなものじゃからのう」

「忠告ありがとう。二人とも、わかったか?」

シロエとクロエは頷き、レッドドラゴンの背に置かれた鞍《くら》に跨《また》がる。おそらくこのレッドドラゴンは移動に適した魔物なのだろう。二人が乗っても気を荒くさせることなく受け入れた。

そしてレヴィアも乗り込み、残るはエギルのみとなった。

「エギルさん」

「エギル」

出発の見送りだろう。華耶とフィーはエギルのもとへと駆け寄ってくる。その表情は明るい笑顔だった。

「みんなで明日、そっちに向かうわね。気をつけて」

「ああ、待ってる。二人も気をつけて」

「エギル、この子を連れて行って」

フィーが差し出したのは、白ウサギのエリザベスだった。離れていても連絡できる手段ということだろう。

エギルはエリザベスを抱きかかえると、毛並みの柔らかさと、温もりが感じられた。

「ありがとう。エリザベスの温かさは気持ちが和《やわ》らぐな」

「うん。この子たちも抱きしめられるの好きだから。そうしてたら、喜ぶよ」

赤子のようにお尻《しり》の部分に左手を当て、右手で全体を抱える。そうすると、エリザベスは幸せそうに目蓋《まぶた》を閉じた。

「それじゃあ、行ってくるな」

「あ、待ってエギルさん」

レッドドラゴンへ向かおうとした足を止められ、華耶の唇《くちびる》が、エギルへと向けられる。

柔らかく熱を帯びた唇同様、頬《ほお》も上気《じょうき》しており、それが周りにいる湖の都の住民たちの視線のせいだとすぐに理解できた。

「……ん、ちゅ……いってらっしゃい。向こうで私の家族になる女性たちを紹介してね？」

「ああ、約束するよ」

「もしかしたら喧嘩《けんか》しちゃうかもしれないわね」

クスッと笑みを浮かべる華耶に「それは止《や》めてくれ」と伝えると、華耶は「善処するわ」としか言ってくれなかった。

おそらく大丈夫だと思ったエギルは、ふと、フィーに視線を向ける。

少し悲しそうな表情を浮かべるフィーは、黒猫のフェンリルを抱えて俯《うつむ》いていた。エギルはフィーのもとへと向かい、

「行ってくるな」

そう伝えキスをしようとした。少しでも明るい気持ちになれるようにと思って。

だが、キスをした相手はフィーではなく彼女が前へ出したフェンリルだった。ニャーと鳴いた黒猫を抱えるフィーは顔を赤くさせながら、そっぽを向く。

「……恥ずかしい」

「そうか、すまないな」

「……」

だが、フィーは顔の横にフェンリルを並べて、誰にも見られないようにエギルにキスした。

軽く唇を触れ合わせるだけのキスをした彼女は、顔を真っ赤に染めてフェンリルで顔を隠した。

「……いってらっしゃい。すぐ、わたしたちも行くから」

「ああ、待ってる。だからみんなをよろしくな」

頭を撫でると、フィーは大きく頷いた。

エギルはレッドドラゴンに乗る。前に座るシロエとクロエが振り向き、エギルの顔を覗《のぞ》き込んでくる。

「エギルって二人のこと好きなの？」

「そうだが」

「ふーん、おねえちゃんのことは？」

「……好きだ」

「えー、エギルって悪い人だ！」

「そうですね。お姉ちゃんも、大変な方を好きになったものですね」

酷《ひど》い言われようだが、他者から見ればそうなのかもしれない。エギルは苦笑いを浮かべる。

「まあ、そうかもな。だが全員を幸せにするつもりだ。もちろん、セリナのこともな」

そう伝えると、二人は「ふーん」と、納得してるのかしていないのかわからない曖昧《あいまい》な反応を見せた。こればかりは、セリナから上手《うま》く話してもらうしかないと考えたエギルは、レヴィアを見る。

「レヴィア準備できたぞ。出発しよう！」

「うむ、では向かうとするかのう」

大きな翼が羽ばたき、周囲に風を起こしながら上空へと飛び立つ。

湖の都の住民たちが手を振る中、華耶とフィーは心配そうに、二人肩を寄せながらエギルへと視線を向けている。

――新たな一歩を踏み出すために旅立つ時、エレノアたちは見送ってくれた。

もしもあの日の選択が違えば、別の未来が待っていたかもしれない。もしかしたら、もっと幸せな未来だった可能性もある。

けれど、エギルはこの行動を選択した。

そして、残った彼女たちも自分の意志で選択した。

その選択をしたことを彼女たちは後悔したかもしれない。それでも自分たちが行動したことをなかったことにはしたくないはずだ。

それこそが、自分たちが生きてる証《あかし》なのだから。

「……待っててくれ、みんな」

全《すべ》ての選択に後悔したくない。だからエギルは、帰りを待ってる彼女たちのいる家へ向かって、大空を駆けていく――最愛の者たちと笑顔で再会するために。

文庫限定版書き下ろし短編

ビーチに行ったら、ゆっくりできると思いましたか？

Did you think that you could relax when you went to the beach?

Betrayed S Rank adventurer I make slave-only harem guild with my loving slaves.

――とある日の朝。

生暖《なま》かい空気が部屋中を包み込み、ベッドで眠っていたエギルは全身に汗《あせ》をかいていた。

「……エギルさん」

不意に開かれた扉の向こうから、風に吹かれれば消えそうなほど小さな声がする。決して一人で眠っているエギルを起こすつもりはないのだろう。声の主はゆっくりと、忍び足でベッドへと近づく。

そして、ベッドの前に立つと、クンクンと、犬のように鼻をひくつかせた。

「……エギルさんが、悪いんですからね」

彼女はゆっくりと、横になっているエギルへと顔を近づける。

「――誰だ」

「えっ！　あ、あの……」

声もなしに近づかれて、エギルは勢いよく体を起こす。

すると、視界に入ったのは顔を真っ赤にさせたセリナだった。

「セリナ……どうしたんだ？」

「えっと、その……」

視線をキョロキョロさせたセリナは、どう見ても不審《ふしん》だ。エギルが首を傾《かし》げても、セリナは黙っていた。けれど視線を向けられて観念したのか、恥《は》ずかしそうに小さな声を漏《も》らした。

いた。

「……エギルさんの、匂《にお》いが」

一瞬だが何を言われたのかわからなかった。だがすぐに、頬《ほお》を赤くしてるセリナを見て気づいた。

「……いつも思うんだが、それは喜んでいいのかわからないな」

「私は、その……エギルさんの匂い、好きですから……」

セリナはゆっくりとエギルへ近づき、唇《くちびる》を重ねようと顔を近づけ――。

「――駄目ですよ！」

だが、それを止めるように勢いよく扉が開く。そこにいたのは、エレノア、サナ、ルナ、フィーの四人だ。エレノアがムスッとした表情をするが、サナとルナは苦笑いを浮かべ、フィーは無表情だった。

「セリナ、発情したら駄目ですよ！」

「べ、別に発情なんてしてないから！　その、ちょっと……アレなだけだから！」

「それが発情してると言うのです！　三人もそう思いますよね!?」

急に振られたサナとルナは苦笑いのまま、

「えっと、まあ……セリナさん、このエギルさんの匂い好きだから」

「仕方ないと、思います」

セリナを擁護《ようご》して、フィーは無表情のまま、

「どっちでもいい。だけど、セリナが発情してたのは確か」

セリナにもエレノアにも肩入れしないが、セリナが発情してるのは明らかだと。

「ほら聞きましたか、セリナが発情してたのを三人が証明してます！」

「違うから！　別に発情してない！　ねっ、エギルさん！」

セリナから救いを求められ、エギルは頭をかきながら返事に困っていた。すると、エレノアはエギルの煮え切らない態度に我慢《がまん》できなくなったのか、ベッドに上がり、四つん這《ば》いになってエギルへと近づいてくる。

「エギル様！　エギル様だって発情してたと思いますよね!?」

「それは……」

「だからセリナと、ここでエッチなことをしようとしたんですよね！　こんなに大きくして！」

エレノアの手が、エギルの屹立《きつりつ》した部分へと伸びる。竿《さお》を優しく包み込み、裏筋《うらすじ》の部分を的確に人差し指が這う。それを見て、セリナが慌《あわ》ててエギルを抱き寄せる。

「ちょっと何してんの！　エギルさんが困ってるでしょ!?」

「困ってる……？　喜んでるの間違いでは？　ねっ、エギル様。いまわたくしが吐き出させてあげますからね」

「私がするからいいの！　それに……私も、その」

「ほら、やっぱり発情してるではないですか！」

「別にしてないから！　普通だもん！」

「いつも発情してるという意味ですか⁉」

二人の言い合いから逃れ、エギルは、ルナの目を隠すサナのもとまで避難する。

「エギルさん、おはよう」

「ああ、おはよう」

「エギルさん、おはようございます。……サナ、見えないよ？」

「ルナは見ちゃダメ。それよりエギルさん、そろそろ行かなくていいの？」

サナに視線を向けられ、今日の予定を思いだす。

「ああ、そうだったな。二人とも、そろそろ出かけるぞ」

そう声をかけると、二人はそうでしたと思い出す。

今日は六人で少し遠くにあるビーチへ向く予定だった。最近のフェゼーリスト大陸では猛暑日が続き、誰かが言った「ビーチでゆっくりしたい」の一言がきっかけだった。

「今日はビーチでゆっくりしたいな」

エギルが小さな声で願望を漏らすと、フィーは首を傾げる。

「……ゆっくりできると思ってるの？」

そう、意味深な発言をされた。今回は休息も兼《か》ねてるのだから、ゆっくりしなければ意味はない。なので、エギルは「そうさせてもらう」と強く頷《うなず》いた。

――それから、エギルたちは少し遠くにある海岸へと出かけた。

ここは一般的なビーチからちょっと離れていて、六人以外には誰もいない。

「ゲッセンドルフも、よくこんな誰もいない場所を知ってたな」

「……そうだね。誰かがいたら、エギルは有名人だからのんびりできなかったもんね」

エギルが砂浜で横になっていると、隣に座ったフィーは最愛の四匹に餌《えさ》をあげる。

「ああ、そうだな。それより、フィーは遊んでこなくていいのか？」

海辺ではエレノアやセリナ、それにサナとルナが遊んでいる。それを見て、フィーは首を振った。

「うん。わたしはここでいい」

「……そうか。向こうの方が楽しいと思うぞ？」

「……うん。だけどいい」

フィーは膝《ひざ》を抱えながら、少し寂《さび》しそうに声を漏らす。

「それじゃあ、俺と一緒にゆっくりしてるか」

エギルは笑顔を浮かべ、青空を見つめる。彼女たちの笑い声を聞きながら、ゆっくりと流れる雲を見つめる。穏《おだ》やかな気分に浸《ひた》り、エギルは眠気に襲《おそ》われ目を閉じようとした。

「……エギル、やっぱり離れる」

だが、隣に座っていたフィーが急に立ち上がった。

「どうかしたのか？」

「エギルと一緒にいたら――」

「――エギル様」

その瞬間、足下からエレノアの声がした。寝そべった体勢のまま顔を上げると、そこにはにっこりとした笑顔を浮かべる四人が立っていた。

「どうしたんだ……？　さっきまで四人で遊んでたよな？」

「ええ、そうです。ですがみなさんで遊びたいのです」

そして、四人の視線は避難しようとしていたフィーへと向けられる。

「ほら、フィーも一緒に遊ぶよ！」

セリナが手を伸ばすが、フィーは首を左右に振る。

「暑いから、いや……」

「もう、そんなこと言わないの。せっかく海に来たんだから遊ぶのは決定なの」

「無茶苦茶だよ、セリナ……」

「ははっ、フィーさんも一緒に遊んだら楽しいよ！」

「そうです、みんなで遊びたいです」

サナとルナも誘うが、フィーは難しい表情を浮かべたままだった。

「そうだな。よし、みんなで遊ぶか」

エギルは立ち上がると、フィーに視線を向けた。

「ゆっくりするのは、今度でもできる。だからフィー、今日はみんなで遊ぶぞ」

「エギル、休みたいって言ってたのに」

「まあな。だけど初めてみんなでビーチに来たんだから、楽しみたいだろ」

「そうですよ。ほら、フィーさんも上着を脱いで、水着をエギル様に見せてください」

エレノアがフィーの着ていた上着を剝《む》くと、彼女の水着姿を見て、サナとルナが口を大きく開けた。

「おおー、おっきい」

「フィーさん、綺麗《きれい》です」

貧相だと自分で言っていたフィーの身体《からだ》は、それほど悲観したものではなく、むしろ誇っていいほどの魅力を感じさせるものだった。

大人っぽい黒色の水着に包まれた膨《ふく》らみに、エギルは視線を奪われていた。

「エギルさん……じっくり見すぎですよ？」

セリナに突っ込まれると、エギルは苦笑いを浮かべた。

「それより、ほら遊ぶぞ」

「あっ、エギルさんが誤魔化《ごまか》した！　サナ、ルナ、追うよ！」

「エギルさん、逃がさないからね！」

「待ってください、エギルさん！」

エギルは逃げるように緩《ゆる》やかに波打つ海へと走っていく。三人が追いかけてくる中、エレノアがフィーに手を伸ばしているのが見えた。

「さあ、フィーさんも行きますよ」

「ビーチに来たら、エギルを取り合うから、わたしはゆっくりできると思ったのに」

差し出された手を摑《つか》んだフィー。その表情は、言葉に反して少し嬉《うれ》しそうにも見えた。そして、手を握ったエレノアは「ふふっ、残念でした」と笑顔を浮かべた。

「ビーチに行ったら、ゆっくりできると思いましたか？」

エレノアがフィーを引っ張り、二人は海へと足を入れる。

少し冷たい海水。けれど気温は高く、その冷たさも気持ちよく感じられる。

――それからエギルたちは、子供のようにはしゃいでいた。

最初こそ乗り気ではなかったフィーも、無邪気にはしゃぐ周りの雰囲気《ふんいき》に呑《の》み込まれたように、ときおり笑顔を浮かべながら遊んでいた。

それから六人は時間が許すかぎり遊び尽くした。そして、エギルはエレノアと共に少し離れた海岸で休んでいた
「――フィーが楽しんでくれて良かったな」

「そうですね。作戦は成功でしたね」

フィーたち四人が海辺で遊ぶ姿を、エギルとエレノアは見つめる。

――ビーチで遊びたい、それを最初に提案したのはエレノアだった。

「フィーとの距離を縮《ちぢ》める目的だったからな。大成功って言ってもいいんじゃないか？」

「そうですね。ただエギル様、最初は本当にお休みのご予定でしたよね？」

「まあ、少しぐらいいいかなってな」

「もう……。まあ、いいですけど。でも、本当に良かったですね。これをきっかけに、わたくしたちと距離を置いていたフィーさんが、もっと仲良くなってくれたらいいですね」

「ああ、きっと大丈夫だろう。いつかちゃんと、本当の家族になれるさ」

「ですね。でも……」

エレノアは膝を抱えたまま、エギルへと顔を向ける。

「そうなったら、また夜のライバルが増えてしまいますね。とても悲しいですよ、わたくし」

「そう言うなら、もう少し悲しい顔をしたらどうだ？」

「あら、悲しい顔してませんでしたか？」

「まったくな。嬉しそうにしか見えないぞ？」

「ふふっ、嘘《うそ》をつくのは難しいですね。嬉しいのが顔に出てしまいます」

「やっぱりそうなのか」

「はい、もちろんです。みんながエギル様の妻で、大切な家族ですから。人数が増えるのは大歓迎ですよ」

「そうなのか。まっ、俺の身体が持つかはわからんがな？」

ため息混じりに伝えると、エレノアはエギルの肩に頭を乗せ目蓋《まぶた》を閉じた。

「頑張ってください。旦那《だんな》様？」

そして、エレノアの手がエギルの膝に乗せられる。エギルはエレノアを見て、エレノアはエギルを見る。見つめ合った二人は顔を近づけ、唇を重ね――。

「――エレノア！」

その寸前で、海辺からセリナの大声が響く。どうやら止めようとしてるのだろう。

「セリナが怒ってます。ヤキモチですね」

「行かないと怒られるぞ？」

「そうですね。では、行ってきますね。……ちゅ」

優しくキスすると、エレノアは四人のもとへと向かう。

その中には、今回の目的であったフィーが楽しそうに遊んでる姿もあった。

そんな五人の姿を見て、エギルは、みんなとここへ来て良かったなと思った。

あとがき

『裏切られたSランク冒険者の俺は、愛する奴隷の彼女らと共に、奴隷だけのハーレムギルドを作る』三巻をお手に取っていただき、ありがとうございます。

こうして無事に三巻を出せたこと、とても嬉《うれ》しく思っております。

この作品は『小説家になろう』様の男性向けサイト『ノクターンノベルズ』というWEBサイトに掲載させていただいている作品です。

三巻はWEB版の三章にあたるのですが、今回は華耶《かや》の名前や種族などを変更したりと、ほぼ全編書き下ろしとなりました。

当初、WEB版を見ながら書いていたのですが、「あーここはこう書いた方が良かったかな?」などと、自分が書いた作品に「違う!」と思うことがありました。

今も完璧《かんぺき》とは言えないですが、それでも、WEB版を見て書き直し、それが良くなるということは、きっと自分は以前よりも成長しているのだと思いたい、信じたい、そうであってほしい、ですね。

まあ、おそらくは、何年後かにこの三巻を読み返してみて、「こうした方が良かったかな?」などまた思うこともあるかなと。その時はまた反省して、成長できるように頑張るだけですね。はい、それしかないと思います。

――と、話は変わりまして。

今回、私はWEB版を含め、初めて異種族を書きました。狐耳《きつねみみ》のキャラクターです。

そこで思ったのは、「彼らの尻尾《しっぽ》はどこから生《は》えているのか?」ということです。

調べてみると、普通はお尻《しり》の上から生えていることが多いと。人間の尾骶骨《びていこつ》の部分ですね。

なので、その尻尾が背面にあると、仰向《あおむ》けで眠るときはどうするのだろうか?　折れて痛くないのだろうか?　などと思ってしまったのです。だって体重をかけて眠ると、尻尾の根本の部分が折れてしまいます。たぶんそれは、痛いと思うんですよ。

そこが気になり、家で飼っている猫をジッと観察したのです。ジーッと、眺《なが》めていました。

すると、猫も私をジーッと見つめ、顔を近づけてキスをしてくれました。チュって。可愛《かわい》いなって。それからもなかなか仰向けになってくれなかったのですが、ふと見たら、ベッドの上で仰向けに寝てくれていたのです。

私はベッドに頬《ほお》をつけて、お尻の辺りをまじまじと見つめました。

すると、お尻の穴の少し上あたりから出た尻尾は根本の部分は折り曲がらないよう、真《ま》っ直《す》ぐ伸びていました。

まあ、そうやって器用に寝ますよね。少し考えればわかるのですが、それでも、当時の私は思いつかなかったのです。普段なにげなく一緒に生活していても、そんなことを疑問に思うことはないので、少し賢《かしこ》くなったかと。それと、やっぱり猫は可愛いです。

――と、どんなあとがきを書こうかな？　と悩みながら書いてみると、担当さんが指定した『あとがきは三ページ』に気づいたら到達したようです。内容がなかったかもしれませんが、本文ではシリアスな雰囲気《ふんいき》に寄っていたので、あとがきは少しのんびりした感じになって良かったかなと。

――それでは最後に。

今回も素敵《すてき》なイラストを描いてくださった、ナイロン様。

今作の完成まで尽力してくださった、ダッシュエックス文庫の編集様。

そして、三巻を手に取っていただいた読者の皆様、本当にありがとうございます。

一巻も二巻も同じことを言っているかもしれませんが、こうして三巻まで出せたのは、手を貸してくださった皆さんのお陰《かげ》だと思います。

それでは、また四巻でお会いしましょう。

お相手は、柊咲《ひいらぎさき》でした。

柊　咲

ダッシュエックス文庫

裏切られたSランク冒険者の俺は、愛する奴隷の彼女らと共に奴隷だけのハーレムギルドを作る3

柊 咲

2020年 1 月29日　第1刷発行

★定価はカバーに表示してあります

発行者　北畠輝幸
発行所　株式会社　集英社
〒101−8050　東京都千代田区一ツ橋2−5−10
03(3230)6229(編集)
03(3230)6393(販売／書店専用)　03(3230)6080(読者係)
印刷所　図書印刷株式会社
編集協力　石川知佳

ISBN978-4-08-631354-4 C0193